ありえないでしょと

7

ARIOTO

間で徹底的に落とす百合の

いざ沖縄へ！　修学旅行初日！

「……これはこれで、
ゆっくり水槽見てる
時間ないんだけど」

「だいじょうぶ。
急かさないから、
鞠佳のペースで見るといいよ」

浜辺のビーナスと波打ち際で

目次
［もくじ］
ARIOTO
onnadoushitoka ARIENAIDESYO to iiharuonnanoko wo
hyakunichikan de TETTEITEKINI otosu
yuri no ohanashi

女同士とかありえないでしょと言い張る女の子を、百日間で徹底的に落とす百合のお話7

みかみてれん

GA文庫

カバー・口絵　本文イラスト

縣

プロローグ

ARIOTO

onnodoushitoka ARIENAIDESYO to iiharuonnanoko wo hyakunichikan de TETTEITEKINI otosu yuri no ohanashi

これはありえない夢でも、妄想（もうそう）でも、なんでもない。

照りつける太陽。蒼（あお）い海。白い砂浜。

そして目の前には、水着を着た最愛のカノジョ。

「……鞠佳（まりか）」

カノジョの指先があたしの肌を滑る。迫る唇が、あたしの唇を塞（ふさ）ぐ。どんなに大胆になっても構わない。ここには誰（だれ）もいない。

ただ聞こえるのは、寄せては返す波の音だけ。

ついにあたしたちは南の島にやってきたのだ――。


というわけではなく。

「いやいや！　めちゃめちゃ人いるし！」

海水浴場のほうからは、かしましい女子高生のはしゃぐ声が、ドンチャカと聞こえてくる。

あたしとカノジョ――不破絢（ふわあや）は、少し離れた岩場の陰（かげ）に隠れるようにして、身を寄せ合ってた……というか、絢に襲われてた、というか……。

髪を後ろでまとめた絢は、舌なめずりをする獣のように自分の唇をぺろりと舐めて、あたしの顔を覗き込んできた。

「普段と違うシチュエーション。こういうのもすきでしょ、鞠佳は」

「そ、そんなこと、ぜんぜんない……。あたしはフツーので、じゅうぶん幸せだし……」

ふふっ、と絢が笑う。ベビーカーに乗せられた赤ちゃんと目が合ったときみたいに。

「そうだね。鞠佳なら、そう言うよね。大丈夫だよ。私がぜんぶしてあげるから」

「そーゆーことじゃなーくー……」

すでにビキニはずらされていて、あたしの胸は外気に触れてる。

お外なのに、だ。

「太陽の下だからかな。鞠佳のからだが、いつもよりまぶしいね」

「あたしにこういうシュミはないんだってば――」

近くから女の子の声がした。ひっ、と身がすくむ。

もし絢とこんなことをしてるのを見られたら……？　つい最近、教室での闘争を乗り越えて、名誉挽回したばかりのあたしの評価が、再び地に落ちること間違いないだろう。

「む、無理だって、絢……。ちょ、ちょっと……っ」

声をひそめて叱るんだけど、身をかがめた絢はそのまま唇をあたしの胸の先っぽに押し当ててきて……。ああっ、もぉ……！

「す、吸わないで……」

片方の胸をちゅうと吸う絢は、もう片方の胸の先をつまんでクリクリと転がしてくる。

「指でするのも、だめっ……！」

岩場の陰で、絢とふたり。炎天下の海水浴場で、近くにはきっとたくさんのクラスメイトたちがいる。頭がどうにかなりそうなシチュエーションなのに、体はびくびくと震えてしまう。

「絢……。ね、ホテルに帰ってからぁ……」

「だめ」

あたしの胸元(むなもと)に顔をうずめた絢は、きっぱりと告げてくる。命乞いを突っぱねるような冷たい言葉に、あたしの目尻にじわりと涙が浮かぶ。

「なんでぇ……」

「だって、これは」

頭をあげた絢が、あたしの耳たぶを甘く噛(か)んでくる。

「鞠佳と私の、思い出をつくるための修学旅行、なんだから」

手が、下半身に伸びてくる。いよいよ絶体絶命のピンチに怯(おび)えながら、あたしはどうしてこんなことになってしまったのかを、振り返るのだった――。

第一章

修学旅行　1日

時刻	場所	
9:00	羽田空港	**生**
10:30	改札	【班
	機中	○
		○大　　　を預ける
		○終わった人は搭乗待合室へ移動
		○座席番号の確認
13:30	那覇空港	**生徒集合**
14:00	バス移動	【班長】点呼
		○大型カバン受取
		○バス乗車
14:30	昼食	**生徒集合**
		【班長】点呼
		○公園内にて軽食
15:30	平和学習	**平和の尊さを学習**
		○講話、並びにビデオ学習
17:30	バス移動	**バス乗車**
		【班長】点呼
18:00	ホテル着	**生徒集合**
		【班長】点呼
		○各室鍵配布
		○【班長】貴重品袋を受取、班員
		担任に預けること
		○貴重品袋は翌朝返却
19:00	夕食	**生徒集合**
		○【班長】点呼
		○全員揃ってからいただきます
20:00	入浴	**大浴場**
		○20:00～20:30　Aグ
		○20:30～21:00
		○21:0
		※各部屋
		○【班長】
		○【班長】各
23:00	就寝	**消灯**
		○消灯後は私

チコク厳禁！
特に 悠愛とひな乃！

ユメは私が
連れてく

たのんだ

あたし
なに!?

華和佳と同室

HAPPY note
自由行動
お楽しみはココから

無事、花粉症の季節を乗り越えたあたしに待ってたご褒美(ほうび)！　それは！

「受験勉強？」

「ではなく！」

あたしはブンブンと首を振ってから、拳(こぶし)を突き上げた。

「修学旅行でしょ！」

6月になり、髪の毛が伸びてゆくような早さで、気温もじりじりと上がり出した。衣替えを経た半袖(はんそで)の制服は、否(いや)が応(おう)でも視界に映るクラスの景色を夏に変えてる。

学校にあと一か月通えば夏休み。いつもなら嬉(うれ)しい休暇も、今年は怒涛(どとう)の勉強タイムに押し潰(つぶ)されてしまうだろう……。

はぁ……。これが高校三年生の重責ってやつか……。

おかげで夏休みのスケジュールは真っ白。いや、むしろ真っ黒か。

「まりかは、予備校通うんだっけ？」

席に着くあたしに、先ほど茶々を入れてきた友達――三峰悠愛(みつみねゆめ)が無邪気(むじゃき)に問いかけてくる。

「うん、まあ、そのつもり」

「いいなー。あたしも同じとこ通おうかなあ」

そこに笑いながら口を挟んできたのは、同じく友達の松川知沙希(まつかわちさき)。

「ユメじゃ同じクラスになれないだろ。ああいうの、学力別にクラス分けがされるんだぞ」

あたしの席の周りに、悠愛と知沙希のふたり。仲良し鞠佳グループの、いつもの光景だ。

「まだわかんないじゃん！　あたしの秘められた才能がようやく開花するかも！」

「小学校入学から12年間秘められ続けていたんだったら、もうないんだよ」

完全に論破された悠愛は「ちーちゃんのばかー！」と地団駄を踏んでわめいてた。とても高校三年生には見えない行動である。

実際、悠愛は身長も150をちょっと上回る程度で、顔も童顔だから、すっぴんなら中学生どころかギリ小学生でも通用しそうだ。

性格は明るくて天真爛漫。よく言えば無邪気で、悪く言えばバカ。ミもフタもない。

いやでも、友達想いだったり、身内と認めた相手にはすごく優しかったりして、いいところもたくさんあるんだ。よし、フォロー完了。

最近では、一日の空き時間の9割は動画を見て過ごしてるらしい。流行を追うのが大好きだから、あたしのグループの中ではいちばんトレンドに詳しい。ファッションセンスもいいしね。ていうか。

「悠愛、大学志望だったの？　知らなかった」

てっきり、ファッション系の専門学校に行くもんだと思ってた。

「んー。実はまだちょっと悩んでて。あたしは専門でいいと思ってたんだけど、親とちーちゃんが大学も考えてみたら？　って」

「ははあ」

からかおうとしたあたしを先回りするように、知沙希は仏頂面で告げてくる。

「そうしろって言ってるんじゃなくて、選択肢は広く取ってたほうがいいだろ、ってさ」

「でも、ちーちゃんに言われると、あたしが自分で考えたことより、そっちのほうが正しいのカモ……って思っちゃうんだよね」

なんて信頼だ。ちょっと気持ちわかるけど。

知沙希が「なんだよそれ」と呆れる。まっすぐ長く伸ばした髪を明るく染めた知沙希は、悠愛とは対照的に、１７０近い長身の持ち主。

中学時代にバレー部だった頃は髪も短かったらしいけど、今はすっかりと大人びたお姉さんという雰囲気を漂わせてる。ただ、外見はクールで涼やかなくせに、その実はかなり直情的で短気な女である。自分が気に入らなければ教師にも噛みつくような狂犬だし。

とはいえ、地雷は（思ったより）少ないし、一度怒ったら後まで引きずらずあっけらかんとしてるので、友達として付き合いづらいことはまったくない。そもそもいいやつだしね。

知沙希は悠愛の発言に手のひらを返す。

「私の意見を聞くのはいいけどさ。言っとくけど、私はユメの人生に責任取らないからね。自分でしっかり決めなよ」

「えっ？　むしろ責任しかないと思うけど？」

悠愛の押しつけがましい台詞(セリフ)に、知沙希が半眼を作る。

「……あんた」

その頬(ほお)は、わずかに赤らんでた。

実はこのふたり、悠愛と知沙希は付き合ってたりする。友達が女の子のカップルという状況は、考えてみればかなり謎(なぞ)なのかもしれないけど、もうすっかり慣れた。

北沢高校は女子高だからか、あるいはあたしの周りの比率がおかしいだけなのか、女の子が好きな女の子が多い……気がする。

でも、本当は世界にはすごくたくさんの女の子を好きな女の子がいて、自分がそうなったときに周りを見渡すと、あ、けっこういるんだな、って気づいたというだけなのかもしれない。

まあ、そんな感じで、あたしたちはなかなか面白(おもしろ)い友情を育(はぐく)んでると思う。

その中でも特に面白い女に属する悠愛が、自分の将来を軽率に力説する。

「ちーちゃんは大学志望だし、まりかもそうだし。みんなで行ったほうが楽しそうだし！」

大学を選ぶ動機なんてそんなもんでじゅうぶん——と、あたしも悠愛の言葉には、全面的に賛成するんだけども。

知沙希が浮かれた未来を一蹴(いっしゅう)する。

「いや、そもそも私とマリの志望校違うからな」

「ええー!?　一緒にしてよ！　大学も高校の延長で楽しもうよ！」

「それも楽しそうだけどねえ……」

悲鳴をあげる悠愛に、あたしは遠い目をした。

このメンバーは気楽だし、ノリがよくて賑やかだ。さらに言えば、お互いが女の子と付き合ってるってことを知ってるから、彼氏作んないの？　みたいな定番のやり取りも起きない。まさしく楽園。

なんだけど……。

物思いにふけってる間に、知沙希が怖い顔で悠愛に詰め寄る。

「というか、マジで大学受験するつもりなら、さすがにがんばらなきゃだぞ。いつもみたいに適当にしてたら、がちで留年するからな」

「うっ……………ちーちゃん厳しい……」

「まー……あたしたち、推薦も内申点も期待できないからねー」

あたしは机に身を投げ出した。白旗を挙げるように、両手を伸ばす。

授業はサボるわ、校則は守らないわで、好き勝手に生きてきた分のリボ払いを清算するときがきたのだ。

そこに、あたしたちのグループメンバー、最後のひとりの子が登校してきた。

絢だ。

「おはよう。なんのはなし？」

「絢、おはよー。大学受験の話」

「ああ、それで」

お気に入りの服に泥がかかったような顔をしてる悠愛を見て、絢が納得した。

ムードメーカーの悠愛が落ち込んでるので、空気もどよーんと暗くなりそうだけど。しかしそこはさすが絢。なにもしてないのに、ただいるだけで世界が明るく輝いてきた。美少女のパワーはすごい。あるいは、あたしが絢に恋をしてるからかもしれない……。

不破絢は、完全無欠の美少女だ。シミひとつない雪のような肌は、行き届いたスキンケアによって常にさらさらのピカピカ。どんなに解像度の高いカメラで撮影しても隙はなく、まるで淡く光ってるようにすら見える。

緩く巻かれた明るい髪は、向こう側が透き通るほどに細く、花嫁のヴェールみたいに絢の美麗な顔面を彩ってる。絢は出会った頃から、ワンレングス気味のロングしか見たことないけど、どうせショートヘアーだって似合ってしまうのだろう。美人は髪型を選ばない。

容貌が美しいのはもう仕方ないとしても、絢はまっすぐな背筋や立ち振る舞い、なにげない所作、なんなら指の伸ばし方だって美人だから、人間に似合うものなら大抵、絢にも似合うに決まってるのだ。後ろ姿すら『あ、この人ぜったい美人じゃん』ってわかるほどに。

ていうか究極、外見どころか、中身まで美少女なんだよな、絢は……。運動神経は抜群で、勉強だってちゃんとがんばってて、自分にとって苦手な人付き合いも真面目に努力するほどのいい子……。人間としての偏差値が高すぎる……。

　一般人が受験するにはあまりにも難関すぎる不破絢大学だが、ひょんなことからあたしと絢は付き合うことになった。現役合格だ。絢と恋人になった奇跡を思えば、志望校に入るなんて実は大したことないのかもしれない。

「あややは東大いくの？」

　凹むのにも飽きたのか、顔をあげた悠愛は、あたしの恋人を輪に招き入れる。

「いかないけど」

「学年一位っていっても北高の一位だしなあ」

　知沙希が苦笑する。絢もコクコクとうなずいてた。

　あたしと悠愛に知沙希、それに絢を加えた4人が、鞠佳グループとして仲良くやってるメンバーである。

　あたしはのんびり頬杖をつきながら。

「でも絢だったら、本気になれば割と合格できそう」

「じゃあいこうかな」

「そんな、放課後のカラオケみたいなノリで！」

　悠愛がツッコミを入れて、みんなが笑った。

　でもほんとに絢だったら、いけちゃいそうだよね……。絢のポテンシャル、まだぜんぜん底が見えないし……。

先週の進路相談で、あたしは自分の学力よりワンランク上の大学を志望した。

担任の先生は『榊原さんなら、がんばれば十分に手が届くと思います』と優しく背中を押してくれたけど、受験勉強をがんばるのは別にあたしひとりじゃない。周りの子もがんばれば、合格ラインは当然あがっていく。

わざわざしんどい思いをする必要はない……のだが。

お母さんに言われた『女同士で生きていくなら、金銭面でがんばらないと』という言葉が、ずっとあたしの頭に刻まれてる。

ひとりだけなら、どうとでも生きていけると思う。でも、絢と一緒に生きていくなら、ちゃんとした収入が欲しい。いっぱい遊びたいし、おいしいものも食べたい。今が楽しいことは大前提としても、絢と一緒にいるときに先のことを考えて不安になりたくない。

それなら——と、あたしは就職率の高い大学を志望することにした。

先のことがわからないからこそ、お金は大事だ。というか、お互いの気持ちをまったく疑ってない以上、大事なのはもうお金だけと言っても過言ではない。

そう、お金……。とにかくお金を稼ぐ……。

今年の夏はそのための夏。将来のための夏だと、決めたのだ。

とはいえ、夏までにはまだロスタイムがある。そう、花粉症の季節を乗り越えたあたしへのご褒美――修学旅行だ。

「にしても、三年生でも同じクラスになれて、ほんとよかったよね。修学旅行、ぜったいこのメンバーで行きたかったし」

もし同じクラスになれなかったら、北沢高校はなんで三年生に修学旅行やるんだよバカ！と一生わめいてただろう。（ちなみに、修学旅行を三年生になって実施する高校は、全体の8パーセントほどらしい）

「ほんっとに！」

「ま、そんときはそんときで、どうとでもなるんじゃないの？」

「いや、さすがにバス移動のときにバレるでしょ」

あたしが話を修学旅行に引き戻すと、みんなも乗ってきた。

「そういえば」

絢が口を開いて、はたと止まった。全員の視線が絢に集まる。

「なに？」

「あ、ううん。修学旅行の班分けなんだけど」

ああ、とあたしは絢の言わんとしてることを理解した。

うちのクラスは30人。6グループに分かれるらしいので、つまり1グループの人数は5人ずつ。鞠佳グループは4人なので、あとひとり足りない。そういうことだ。

まあ、それこそ班行動なんて、そこまでキッチリ守る必要はないだろうから、適当な誰(だれ)かを突っ込んでおいて、現地についたら別行動すればいいってだけの話なんだけどね。この期(ご)に及んで内申点に影響があるとも思えないし。

ふと脳裏に一瞬よぎるのは、柚姫(ゆずき)ちゃんとまだ仲良くしてたら、あたしたちは5人で人数ぴったりだったなあ、という感傷。

ふと見やると、その柚姫ちゃんはクラスの端っこのほうで、グループに混ざってる。

あの子はあの子で、もう仲良くする相手を見つけたのだ。

うん、今さら今さら！

「そうだねえ、あとひとり、どうしよっかねー」

あたしが腕を組んだところで、ぬっと正面に影が差す。

ん？

「よっす」

目の前には、豆腐かよってぐらい白い肌の、ギャルがいた。

白幡(しらはた)ひな乃(の)。校則違反という観点で見れば、うちのクラスでもぶっちぎり。コイツ以下を達成するのは、なかなか難しいだろう。

グラデーション鮮やかなラベンダーブルーに染めた髪を、ふたつ結びにして下ろした小柄な女の子である。

ちなみに聞いたところ、青のブリーチは爆速で色落ちするらしく、二週間に一度は美容院に通ってるんだとか。なにがあんたをそこまでさせるんだ。

ひな乃はいつも通り眠たげな瞳で、ちっこい唇を開く。

「話は聞かせてもらった」

「なんだなんだ」

「まだメンバー決まってないなら、入れてほしい」

「お……？」

あたしたちは顔を見合わせた。代表して問う。

「ひな乃から言ってくるとか、どんな気まぐれ？」

「4人しかいなくて困ってそうだったから。あたしだってたまには人助けぐらいするよ」

「なんでそっちがこっちを助ける感じになってんの」

一応、みんなにも聞いてみる。

「いんじゃね」

「うん、ひなぽよと一緒なら楽しそうだし！」

ひな乃は言葉遣いもぶっきらぼうで怖いイメージを与えるから、真面目な生徒や気の弱い生徒とは相性があんまりよくなさそうだけど、うちのグループは問題なく付き合えるだろう。

あたしが絢に目を向けると、「あ」と意見を求められてることに気づいた絢が、慌てて首を縦に振る。

「うん、大丈夫」

これは……ほんとに大丈夫のときの顔っぽい。おっけ。

まあ、ひな乃は、あたしと絢が付き合ってることも知ってるから、いろいろと動きやすかったりもする、か？

ちゃんと打算も勘定に入れて、あたしは最後に大きくうなずいた。

「よし、わかった。修学旅行の間はよろしくね、ひな乃」

「おういぇいー」

緩(ゆる)いダブルピースをするひな乃。断られる可能性なんて微塵(みじん)も考えてなさそうだった。

しかもそれで社交辞令を言うでもなく、用が済んだからとさっさとどこかへ消えてゆく。あまりにも自由な女である。

こうして、ひな乃が仲間に加わった。鞠佳グループの内申点の平均値が、さらに下がった音がした。5人合わせてクラス委員長の夏海(なつみ)ちゃんひとりに負けそうなんだけど。

ひな乃の後ろ姿を見送って、あたしたちは口々につぶやく。

「ひな乃って、人生楽しそうだよね」

「いいとおもう」

「そういえば、ひなぽよのお店のインスタって、まりかとあやや写ってるよね？」

「ああ、うん。ひな乃にお願いされて。バイト代も出してもらったし」

「すっごい仲良かったんだねー」

そう、か？

ひな乃とは、それなりに深い話をしたこともあるし、絢についての悩みを打ち明けたこともあったけど、ふたりでどこかに遊びに行くとか、そういう発想はまったく出てこないし……ぜったいに会話も弾まないだろうし……。

一般的に仲が良いのかと聞かれると、かなり悩む。

当たり障りのない見解にとどめておこう。

「ひな乃は誰とでもあんな感じじゃない？」

好きなときに好きなことをする。そのためならひとりでいるのも苦じゃないし、今みたいにぼっちじゃなくて、あえて特定のグループに所属しない、っていう感じのスタンス。それがグループに話しかけてくるのだって物怖じしない。

できるのは、学校以外に居場所をもってるからだ。

本当にコミュ力のある子っていうのは、ひな乃みたいなのを指すのかもしれない。

口元に手を当てた知沙希が、周りに聞こえないようにぼそりと言う。

「でもなんかあいつ、私と悠愛が付き合ってること、知ってるっぽいんだよな……。『見てればわかる』とか言ってて」

えっ⁉　と悠愛が驚く。

……確かにあいつ、あたしと絢のときも、カミングアウトする前から付き合ってるって第六感で当ててきたからな……。

なにかと、謎の多い人物だ。

この修学旅行で、ちょっとはひな乃と距離が縮まるんだろうか、なんてことをこのときのあたしはのんきに思ってた。

そろそろホームルームの時間だ。

「なんにせよ、楽しい修学旅行になるといいなー」

あたしが雑に話を締めくくろうとすると、なぜか悠愛と知沙希がにやりと笑った。

「ま、そうだね！」

「楽しい修学旅行にしような。な、アヤ」

「う、うん」

悠愛と知沙希に肩を組まれた絢が、ぎこちなく微笑む。

「……ん？」

なんだろう。その3人の結託した雰囲気に、不穏なものを感じ取る。

こいつら、なにか企んでるのか……？

狙いを定めるように、じっと絢を見つめる。絢はあたしに嘘をつかないので。

すると、絶世の美少女は穏やかに微笑み返してきた。

「きっと楽しくなるよ。きたいしててね、鞠佳」

「もうそれなにかあるって言ってるようなもんじゃん！　なんなの⁉」

あたしの言葉に応えてくれる人は、誰もいなかった。

ほんとになに⁉

＊＊＊

「ほんとになに……？」

「なんでもないってば」

半眼の先には、きょうも綺麗に微笑む絢。

平日の放課後、あたしたちは修学旅行で使う雑貨を買いに、池袋にやってきてた。

東急ハンズに寄ったり、ダイソーや無印を回ってきたりして、ひとまず一通りの買い物が終わったので、カフェでお茶してる最中。

キャラメルフラペチーノを口元に運んで、上目遣いで絢を見やる。

「怪しいなあ」

「そんなことないよ。いつだって鞠佳のことだけ考えていきてる。ふぉーえばー」

「質問の答えにはなってないんだよなあ！」

夕方のカフェはざわざわと騒がしく、あたしの声も喧噪に混ざり合って溶けてゆく。

「はあ。まあいいや……。無理に聞き出すと、楽しみも減っちゃいそうだし。明らかになにか企んでる絢をチクチク責めても、あんまりきもちよくないし」

「うん、ありがとう。鞠佳は責めるより責められるほうが好きなMだもんね」

「徹底的にやってもいいんだぞ⁉」

心のタイガーが牙を剝くも、絢は涼しい顔でブラックコーヒーのカップを持ち上げる。

花粉の季節が過ぎ去ったこともあり、お買い物にかこつけてのお外デートは、気ままに羽を伸ばせてすっごく楽しいんだけども。

もうすぐファミレスバイトを辞めるので、お金の残高には気を付けなければならない……。いつもみたいに『かわいい！』→『買っちゃお！』と、欲望の蛇口ゆるめっぱなしでは、お金も水のように流れていってしまうので……。

「でも、楽しみだな。鞠佳の水着」

「あーね。なんだかんだ、絢とプールとか海とか行く機会なかったしねえ」

きょう買ってきた水着は、絢とふたりで選んだものだ。

ただ、試着姿はまだ見せてなくて、当日のお楽しみ。修学旅行にも、一個ぐらいはサプライズを演出しなくっちゃね。

「こんど、バーのみんなでも海に遊びにいくらしいよ」

「仲いいなあの人たち……。絢も行ってくるの？」

「ううん。私は受験勉強あるからって断った。去年はいろんな女の子にナンパ目的で声かけてたって話きいてたし」

「おかしいな。女子だけの海水浴とか、ふつーは声かけられる側のはずなのに……」

バーのパリピ女性どもがハメを外してはしゃいでる絵が、脳内に再生された。

なるほど。ぜったい一緒に行きたくないな……。

でも、女子が女子をナンパするって成立するのかな。確かに、男子に誘われるより心のハードルは低そうだけど。

視線を斜め前に向けると、さっきから女子中学生っぽい女の子ふたり組が、こちらをちらちら見てたりする。

そのお目当ては……そりゃまあ、あたしの前で完璧な美貌を振りまく不破絢だろう。どこの芸能人だろうね、みたいな会話をしてるんだと思う。

「……声をかけてきたのがこういう女だったら、同性でもふつーに犯罪を警戒しそう」

「なにが？」

「ちょっと絵画のセールストークしてみてくれない？」

「……なんかやだな」

絢が眉間にシワを寄せる。悩ましげな表情も美人だった。

この子が人の視線を集めるのは今に始まったことじゃないし、そんなんでいちいち嫉妬(しっと)してたら身が持たないわけで。

「そういや絢って、こないだひな乃の手伝いで行った原宿でも、かなり名刺もらってたよね」

「もらったというか、押しつけられてたっていうか」

またも微妙な顔をする絢。

「ああいうスカウトの人って、とりあえず受け取るだけ受け取っておかないと、かえってくれないから」

絢はずいぶん慣れた態度だった。

まあ確かに、絢の側に立つと迷惑だとは思うんだけど、あたしは芸能界のスカウトの人の気持ちもわかってしまうな……。

ダイヤの原石どころか、ダイヤが道に転がってるのだ。そりゃ誰だってワンチャン狙いで手を伸ばすだろう。

「実際、絢ってどうなの？　芸能界とか。あんまり興味ないって言ってるけど」

「あんまり興味ないかな」

「なんで？　いっぱいお金稼げそうじゃん！」

つい語気が強くなってしまった。でも、絢なら巨万の富を築けそうだし……。

絢は軽く首を傾げて、巨万の富を生み出しそうな唇を小さく開く。

「好きじゃないことを努力するのは、たいへんだとおもう」

「というと」

「成功するためにはぜったい努力しなくちゃいけないだろうし、でもべつに、私自身はそれを望んでないから、大変そう。いい加減なきもちで始めたら、まわりの真剣にやってる人にも、しつれいだし」

まあ、そりゃそうか。

できるからっていっても、やらない理由はいくらでもある。例えあたしにものすごいボクシングの才能があったとしても、殴るのも殴られるのも痛いのも嫌だろうし……。

さらに一週間の五日間は練習漬けね！　なんてことになったら、心くじけると思う。

絢は人前に立つのも、目立つのも、好きじゃなさそうだしね。いいよ、絢はずっとあたしのそばにいるといいよ。

「それともまさか」

急に気づいたような顔で、絢が口元に手を当てた。ん？

「鞠佳、自分の恋人を世界中に見せびらかせたいって、そういうこと？　そのきもちは確かに、私もわかるけど……。私もね、アイドルになってステージ上ではさも清純です、えっちなことなんてなんにも知りませんって顔してる私の鞠佳を、夜な夜なベッドの上で好きなだけ弄ぶ妄想とかはするよ。でもさすがに現実でやれっていうのは……」

「お外！　ここお外だから！」

周囲を睥睨（へいげい）するも、さすがに騒がしい店内で聞き耳をそばだてている人もいないようだった。

危ないなあ、もう！

「気にしすぎだよ、鞠佳」

「そりゃ気にするでしょ……公序良俗に反しないようにって……」

テーブルに置いてある絢の手の甲に、自分の手の甲を重ねる。顔を近づける。

「お外でやっていいのは、これぐらいだからね。公共空間はみんなで使う場所なんだから、個人個人がちゃんとマナーを守らなきゃ」

「つまり、誰もみていなかったら」

「言葉尻を捕らえるんじゃない！　誰も見てなくてもあたしが見てる！」

「つまり目隠し……」

「ああ言えばこう言う星人か⁉」

絢は手のひらを返して、あたしの手のひらを下からぎゅっと握ってくる。

「もし鞠佳が自分の恋人を自慢したかったり、アイドルになった恋人の裏の顔を楽しむためだけに私に芸能界に入りなさいって本気で言うんだったら、私も、すこしは考えるからね」

「言うわけないからね⁉　百パーセントお金のためだよ！」

なんだろう。あまりにも絢の業が深くて、お金目的のあたしのほうが純粋に見えてしまう現象が起きてる気がする。

そんな、相変わらずといえば相変わらずな会話を楽しんでたところで。

テーブルの上に置いてあった絢のスマホが、ぶるるると鳴った。

着信だ。

絢が握ってた手を離し、スマホを手に取る。その表示画面を一目見て、さっきまで楽しそうに笑ってた絢は、その顔から表情を消し去った。

スマホを裏側にして、テーブルに戻す。

……えっと。

さすがに触れずにスルーするのが不自然すぎて、あたしは嫌な予感を覚えつつも、義務のように問う。

「いいの？」

「うん」

絢が視線を外して、どこでもないほうを眺める。

「母だから」

それって……。

「だったら、なおさら出たほうがいいんじゃ」

「だいじょうぶ。用件はわかってるから」

あたしの余計な心配をジュラルミンの盾で弾き返すみたいに、絢がきっぱりと言って。それから静かに目を伏せる。光を弾くまつ毛の長さに目が奪われる。

「……ごめん」

「いやいやいや、なんで謝るの？」

曖昧な笑みを浮かべて、なるべく柔らかい口調で問う。

スマホの振動はすぐに止まる。

「なんか、気を遣わせちゃってるね」

それは、まあ……。遣ってないと言えばウソになるけど、でも今はそんなの割とどうでもいいっていうか。

「お母さん、なんの用なの？」

「……」

「あ、いや、別に追及するつもりとか、そういうんじゃなくてね。やめよっか、この話！　なんか楽しい話しよ！」

両手を合わせて、あたしはわざとらしくてもいいから、にっこりと笑った。

しばらく黙ってから、絢が小さく口を開く。

「あのね」

その声は羽みたいに軽くて、手を伸ばして捕まえないと消えてしまいそうなほど儚かった。

「あ……うん」

こちらと目を合わせずに口を開いた絢に、あたしは思わず居住まいを正してしまう。

緊張してるんだと、思う。

「私の家って、母ひとりなんだ。だからあの家に、ふたりで住んでて」

「うん」

「もともとは祖父と祖母のものだったんだけど、早くに亡くしちゃってて、私も会ったことなくて。だから、ふたり暮らし。といっても、母はたいてい会社に泊まるか、あるいは帰ってきても夜遅くなんだけど」

「……うん」

それは、絢の口から初めて聞く、絢のご家庭のお話だった。

絢の家で、誰かに対面したことはなかった。まるで、今まで絢と一緒に過ごしてきた時間の答え合わせのようだ。

「だから、洗濯とかは主に私がしてる。お掃除に関しては、月に2回、お手伝いの人に来てもらって、お願いしててね。母とは、一般的に仲が良い関係とは呼べないだろうけど、お金も置いてってくれるし、不自由したことはあんまりない、かな」

「そうなんだ」

「うん。バーのアルバイトもあるし。夜遅くなってもうるさく言われないから、楽でいいよ」

そこでようやく絢と目が合った。

絢が微笑む。その無理をしてるような笑顔に、あたしはなんだか胸が痛くなる。

だから思わず、口を開く。

「ね、絢。別に、話したくなかったら、話さなくてもいいよ」

「え？」

「だってなんだか、つらそうだし……」

「……」

絢のことなら、すべてを知りたいと思う。

だけど、絢に苦しんでほしくはない。

両者を比べたとき、やっぱりあたしは本物の絢を優先したい。

知らないことがあったって、今の絢の価値が変わるわけじゃない。いちばん大事なのは、あたしに優しくて、かわいらしくて、綺麗な絢本人だ。

「もし絢が、あたしに話してないことがあって、後ろめたい気持ちをもってるんだったら……そんなの、ぜんぜん気にしなくていいんだよ。あたしが好きなのは、今ここで、目の前にいる絢なんだから」

「……」

しばらく絢は、あたしを見つめたまま黙ってた。

重苦しい沈黙。もしかしたら、周りの席からは別れ話をしてる最中のカップルに見えるのかもしれない――なんてどうでもいいことが、頭をよぎる。

「私」

すぅ、と絢が息を吸う音が聞こえてきた気がした。

「――じゃなくて、ね」

絢の声が上ずった。

「母がもしかしたら再婚するかもしれなくって、それで、相手の人に会ってほしいって言われてるんだ。一緒に住むわけじゃないみたいだし、私は好きにしていいよって答えてるんだけど、どうしてもってしつこくて――」

絢が勢いよく、そこまでを一気にまくしたてる。

あたしは、ぱちぱちと瞬（まばた）き。

「そ、そうなんだ」

「う、うん……。そう」

今度はさっきまでとは違って、どこか微妙な沈黙。話すきっかけが摑（つか）めない初々（ういうい）しいカップルみたいな。

「そ、それなら一度会ってみてあげたら？」

「やだ。めんどいし」

「めんどいて」

あたしが頬を緩めると、ようやく空気が正常に流れ出した気がする。

なんか、ようやく息が吸える。

「再婚かあ、大変だね。苗字変わったりする？」

「わかんないけど、しないいんじゃないかな」

「よかった。あたし、不破絢って名前、好きだから」

「ん……。ありがと……」

絢は口をごにょごにょしながら、またしてもうつむいた。

えっと……。ひとまず、ちゃんと話してくれた、のかな？

しかし、親と不仲であると伝えるために、こんなに勇気を振り絞った感じ出してくるなんて。

もしかしたら絢があたしに伝えてないことは、そんなに多くないのかもしれない。

あたしだってお父さんの話とか、ただ『単身赴任してる』ぐらいしか言ってないわけだし。

親とそこまで仲良くなかったら、言うこと別にないよね。

絢の家庭はシングルマザー。あの広い家にふたり暮らし。あんまり仲が良くない。今までの絢の行動を照らし合わせてみる。うん、なんか納得。

手を伸ばす。再び絢の手をぎゅっと摑まえる。

「うんうん、がんばったね、絢」

「……なにが？」

「『これ相手興味ないかもなー』みたいな話するときって、緊張するよね。いや、あたしは絢の話はいつだって興味津々（きょうみしんしん）なんだけど」

「改めてそんなふうに言われると、はずかしいけど……」

居心地悪そうにする絢の手を両手で摑んで、親戚のおばちゃんみたいにウンウンとうなずいてあげる。

「ひとまずなんか進展あったら、話してよ。他にも、話したいことがあったらなんでもいいから。なんでも聞くからね」

「なんか鞠佳が優しすぎる……」

「え、知らなかった？　あたしはもともと絢にだけは優しいんだよ」

「……知ってる」

目を逸（そ）らす絢の頰が赤かった。かわいい！


絢との帰り道。たまたま座れた電車のボックス席。

たくさんの荷物を抱えてると、なんかあの頃、絢に大量の漫画を押しつけられて電車に乗った記憶が浮かび上がってくる。

そうだ！　言おう言おうと思って、つい忘れてた。

「あ、そういえばさ！」

あたしは満面の笑みを浮かべて、声のトーンをあげる。

「もうすぐあたしたち、一年だよね！」

「……一年？」

「いや、ほら、付き合い始めてから、だよ！」

口元に手を添えて、声を潜める。まさかほんとに忘れてたわけじゃないよね？

すると絢は、興味なさそうに顔を背ける。

「……そうだっけ」

え⁉

どうしてそんな素っ気ない態度なの⁉

そこまで記念日とかどうでもいいって思ってる子だっけ⁉

ちょっと、絢――。

と、その顔を覗き込んだところで。

「……絢？」

「しらない、ぜんぜんしらない」

そこには、ぎこちなく目を逸らす真顔の絢がいた。

絢はさらにあたしの視線から逃れようと、明後日のほうを向く。

ん……。んん……？

「ねーねー、あやー」

「一周年とか、はじめて聞いた。そうなんだ。地球の公転周期では、３６５日経つと一年になるんだね。へー」

「いくらなんでも苦しすぎるでしょ！」

これは、まさか。

察しの良すぎるあたしは、そこでピーンと思い当たってしまった。

明らかに目が泳いでる絢。まるで窓ガラスを割ったと問い詰められてるかのように。それは普段からあたしになにひとつ嘘をつかないと宣言してる絢の、精一杯の隠し事で……。

そっか……。修学旅行で企んでるサプライズって、付き合って一周年記念のお祝いのやつなんだ……。

なにかを企画したかった絢が、悠愛と知沙希に相談して、そしてまるで自分のことのように悠愛と知沙希が悪ノリして、絢が必死にあたしにバレないようがんばってる最中、と。

ぜんぶわかっちゃった……どーしよ……！

いやいや、こういうときは気づかない振りをすべき！　そして発表されたときには全身全霊でリアクションしてあげるのが、お気遣いってもの！

　絢が顔を青白くさせたり、困ってるのを見て楽しいって気持ちは、あたしにはぜんぜん……そりゃちょっとはあるけども……！　でも、あたしのためにがんばってくれてるっぽいんだから、ちゃんと優しくしてあげなきゃ！

　あたしは絢の腕をぽんぽんと叩く。

「ま！　でも、一周年とか別に、どうでもいいよね！　だって絢と一緒に過ごすなら、365日毎日が記念日みたいなものだしさ！」

　あはーと能天気に笑うと、しかし今度は逆に絢がショックを受けてしまう。

「……どうでもいい……？」

「いや、どうでもはよくない！　言い過ぎちゃったね！　一周年はほどほどに楽しみだけど、でもなにやるかとかはぜんぜん思いつかないんだよねー！」

「う、うん。そっか」

　すると、うちの（じゃっかんポンコツな）お姫様は、今度こそ朗らかに微笑んでくれた。

「じゃあ……期待してて、いいからね」

　それはもう言ったも同然なんだけど……。

　でもまあ、実際楽しみになってきたし、いっか！

　そして、あっという間に修学旅行の日がやってくる──。

＊＊＊

集合場所に到着したあたしは、あくびを嚙み殺す。

朝9時に羽田空港集合は、さすがにきつかった……。家を出る時間、7時ちょいすぎだよ？　そりゃ眠いって。

修学旅行の当日。北沢高校三年生は、羽田空港のきれいな広いロビーに集められてた。

これから飛行機で約3時間かけて、あたしたちは目的地――沖縄へと向かうのだ。

「あたし、飛行機乗るの初めてなんだよねー」

「そうなんだ」

待ち合わせて一緒にやってきた絢は、早朝からハワイ帰りの芸能人みたいな美貌を振りまいてる。ただの高校生には見えないオーラだ。

あたしたちの傍らには、こないだ買いに行ってきた大きなキャリーバッグがふたつ。お揃いだ。ここには、3泊4日の必須アイテムが詰め込まれてる。

大きな旅行って久しぶりだから、あれもこれもって持ってこようとしたら、ぜんぜん容量オーバーになっちゃったんだよね……。なので、ドライヤーとか美容液とか、共用で使いまわせそうなものは絢と分担した。恋人と同じ班であることを、最大限に活用した結果である。

肌や髪質に合う合わないはあるんだろうけど、でもお互いの家に泊まるときはもう、だいたい貸し借りしあってるからね。すでに抵抗感とかは、まったくなかった。共有してないのは、歯ブラシぐらいじゃない？　この勢いであたしも絢の美肌を手に入れたい。

「絢は、海外とか行ったことあるんだっけ」

「え、めっちゃ行ってるじゃん。カリフォルニアと、パリと、あとグァム。それぐらいかな」

「そうだね。怖かったら抱きついてきてもいいよ」へぇー。じゃあ飛行機も慣れっこだ」

絢は顎先に指を当てて、悪戯っぽく笑う。

うっ……好き……！

しまった。日常の何気ないワンシーンで、好きの気持ちがあふれてきた……。絢はすぐかわいい顔をするから、理由もなく抱きつきたくなってしまう。

ダメダメ。こないだ絢と付き合ってるってカミングアウトしたとは言え、極力、反感を買うような行為は避けるんだよ。人前でイチャイチャするカップルなんて、みんながムカつくその最たるものなんだから！

あたしは自然に絢から視線を外す。辺りを見回す。

「しっかし、集合時間もうすぐなんだけど」

実際、心配ではあった。もうほとんどの生徒が集まってるのに、鞠佳班は、まだふたりしか来てない。

「だいじょうぶかな？」

「悠愛だけだったらかなりやばいけど、知沙希が一緒だから大丈夫じゃない？」

「松川さんも、けっこうよく遅刻してるけど」

「あれは守る気がないだけ」

やきもきしながら待ってると、ドタバタと走ってくる音がした。でっかいキャリーバッグを引いた悠愛が、ドラマの登場人物みたいに駆け込んでくる。

「ごめーん！　第一ターミナルと、第二ターミナル間違えちゃって！」

「地下、走ってきた……だる……」

辟易（へきえき）した顔で、知沙希もやってきた。これでゆめちさはオッケー、と。

「はいはいお疲れ。間に合ってよかったね」

息を切らした悠愛が「あっつー！」と額をハンカチで拭う。

「どっちも国内線なのに乗り場が違うとか、罠（わな）だよー！　空港広すぎるしさー！　ねえ、ちーちゃん！　あんなのちーちゃんだって間違っちゃうよね⁉　ちーちゃんドンマイ！」

「こいつ、フォローすると見せかけて、百パーセント知沙希のせいにしてやがる」

「仕方ないな。ユメは自我がないんだ」

「あるよ⁉」

となると、あとはひな乃だけだけど……。

「白幡さん、まにあうかな」

絢が心配してスマホの時計を見やる。あたしもなんかソワソワしてしまう。飛行機はさすがに待ってくれないだろうし……。

「そもそも来るのか？　白幡って」

知沙希の鋭い指摘に、あたしは神妙にうなずいた。

「確かに……？」

「えぇー⁉　ぜったい来るでしょ！　修学旅行なんだよ⁉」

「でも、ひな乃だからなあ……」

あたしは脳内でひな乃の行動をシミュレートしてみた。

目を覚ますひな乃。スマホを見るひな乃。今から家を出ても待ち合わせ時間にぜったい間に合わないことを悟るひな乃。二度寝して穏やかな夢を見るひな乃……。

あまりにも似合いすぎる。

「よし、ではひな乃は来ない、ということで」

審議の結果が出たところで、なんとひな乃がやってきた。

「よ」

「ひなぽよ、来たんだ！　信じてたよ！」

「おお、眠気に勝ったんだ、ひな乃。やるじゃん」

「なんなん?」

登山家みたいなリュックを背負ったひな乃は釈然としないご様子。

しかし、すぐに辺りを物珍しそうに見回して。

「空港って、なんかいいね。普段来ないから観光してたら、ちょっと遅れちゃった」

ひな乃もそういう女子っぽい感性があったんだ。

「わかるー! お土産(みやげ)物屋もいっぱいだし、あちこちめちゃめちゃコンセントあるもんね! うちの学校もこうしてほしい!」

ひな乃と悠愛がのんきに話してると、先生が「集まった班、報告にきてー」と手を挙げた。

班長の出番だ。

「ちょっといってくるね」

「うん」

基本的に、修学旅行中の班長の仕事はこれだけだ。班のみんなが集まってまーす。って先生に報告して、メンバーチェックを楽にすること。

今回はそれに加えて、先生から五人分の航空券も受け取った。おお、初めて見る。これが飛行機チケット。

一瞬、よからぬことを考えてしまう。……ここで班に戻ってみんなに渡すまでの間に、あたしが航空券を無くした場合、誰も沖縄の空に飛び立てないんだよね……。

班長なんて誰がやってもいいでしょって思ってたけど、確かにこれは自分がやるほうが健康にいいな。戻って、全員にチケットを配ってゆく。

「はい、絢。はい、ひな乃。それに、はい知沙希。よし」

「あたしは⁉」

「知沙希に渡したよ」

「あ、そっか。ならいいや。よろしくちーちゃん！」

いいのか……。

知沙希も当たり前という態度で、悠愛のチケットを管理する。恋人同士っていうか、母娘みたいだね。

「じゃあ、チケット受け取った班から、手荷物を預けに行くんだって。いこいこ」

「はーい」

班でゾロゾロと手荷物預け場に向かう。

ドラム型洗濯機のようなものが横にずらーっと並んでおり、航空券についてるバーコードでそれぞれ勝手に荷物を預けるシステムになってるようだ。

「いちいちバッグの中身を見せたりしないんだね」

「タッチパネルで操作するみたい」

最初にあたしがやってみる。所定の位置にキャリーバッグを置いて、シールみたいなタグを巻いて、ぽちぽちと操作。するとガチャリと蓋(ふた)が下りてきて、再び蓋が開いたときには荷物も回収されてた。

レシートみたいにぴーっと出てきた荷物預け証を受け取る。しゅうりょう。

「めちゃ簡単だ」

「どんどんやってくか」

知沙希、悠愛、ひな乃に、絢と荷物を預け終わって、ようやく身軽になった!

機内持ち込み用ポーチを抱えて、ぐっと拳を握る。

「よし、お土産買いにいこっか!」

「今、手ぶらになったばっかだろ」

ついテンションがあがってしまった。知沙希に真っ当なツッコミをされて、仕方ないと集合場所に戻ってくる。次は、手荷物検査ゲートだ。また列に並ぶ。

知沙希がゲートを指差して、悠愛になにやら吹き込んでる。

「あそこのゲートを通るときに、沖縄に行く理由を答えないといけないんだぞ」

「あっ、それテレビかなにかで見たことある!」

「ああ、ちゃんと大きな声で『サイトシーイング』って言わないと、飛行機に乗せてもらえないからな」

「わかった！」

あたしは思わず顔を逸らして、笑いをこらえる。絢は本当のことを教えたほうがいいのかどうかとおろおろしてた。

やがて、あたしたちの番がやってきた。最初に悠愛を送り出す。悠愛はポーチとポケットの中のものをカゴに載せてゲートをくぐろうとして。

「さいとしーいんぐ！」

片手をあげて宣言した。い、言ったー！

お兄さんに苦笑いされて、なにかたしなめられた後、悠愛はそのままゲートを通された。

ここからでもわかるほどに、その顔は真っ赤に染まってた。

哀れ悠愛……。

あたしたちがゲートを通って合流すると、知沙希は悠愛に背中をぽかぽかと叩かれてた。

「ぢーぢゃんっっっ！」

「あはははは！」

知沙希とあたしが爆笑し、絢はやっぱり困った顔をしてたけど、さすがにひな乃も笑ってた。

このノリ、完全に修学旅行で浮かれてる女子高生だ。

早くも旅の思い出を積み重ねながら、あたしたちは空港の乗り場で飛行機を待つのだった。

空港の待合室（？）から見える飛行機は、むちゃくちゃでっかかった。

「わー、迫力あるー」

窓ガラスに張りついて飛行機を眺める。

家より大きい。こんなにでかいものが空を飛ぶなんて、信じらんないな。

……ほんとに飛ぶのかな？　不安になってきた。常識で考えたら飛ばないいんじゃないか？

ありえないでしょこんなの。

「ふふっ」

隣にやってきた絢が、くすくすと笑う。目を細めたその笑顔に、ドキッとしてしまう。

「え、なに？」

「鞠佳、飛行機に夢中で、ちっちゃい子みたいだから」

「でも仕方なくない？　電車や消防車とは違うんだよ。飛行機だよ？　メチャつよじゃん」

「そうだね」

絢が微笑む。その目があんまりにも優しいので、恥ずかしくなってきた。自分は何度も海外旅行に行ってるからって、マウント取られてる……っ。

ムキになって、言い返す。

「絢だって初めて飛行機見たときは、こんな風にしてたよ」

「してないよ」

「いーや、してたね。目をキラキラさせて、窓ガラスに頬をべったりつけてさ！」

「ひこうきだなあ、って思ってたよ」

絢がディスイズペンみたいなことを言い出した。まあ、確かに……。絢ってそういうのでテンションあがるイメージまったくない。

「まあ、でも今回は、ちょっとたのしみかも」

「いいんだよ別に。あたしにムリに話を合わせてこなくても」

「そうじゃなくて」

拗ねかけたあたしの耳に、こそっと絢がささやいてくる。

「鞠佳といっしょに乗る、はじめての飛行機だし……」

……。あたしはぺしっと絢の二の腕を叩く。

「飛行機より、絢がカワイイ！」

「え？　うん、ありがと……。ありがと？」

微妙な表情になる絢がさらにかわいかったので、あたしの心は満たされた。修学旅行ということで、テンションがおかしなことになってる。さっきからか。

と、後ろから声をかけられた。

「おふたりさん」

振り返ると、首からストラップでデジカメを提げたひな乃が、まったく浮かれてない無表情で突っ立ってる。

　ひな乃はデジカメを軽く持ち上げて。

「よかったら、撮ってあげようか？」

「え、なに。どういうサービス精神？」

「せっかくだし、旅行中はカメラ係やろっかなって」

「……あとでお金要求されたりしないでしょーね」

　あたしが見つめると、ひな乃は根負けしたように目を逸らす。

「……いい写真が撮れたら、うちのお店の宣伝に使わせてもらおうかなって思ってるけど」

「白状したな」

　けど、それぐらいなら別にいいか。あたしはＳＮＳでふつーに顔出ししちゃってるし。窓ガラス越しの飛行機をバックに、絢と並ぶ。

「よーし、じゃあお願いねー」

「はいちーず」

　ぱしゃぱしゃと写真を撮られてると、トイレから戻ってきた悠愛と知沙希もフレームに入ってきた。

「へいへーい！」

「じゃあ、ん」

さらに何枚か撮ってもらってから、知沙希がひな乃に手を伸ばす。カメラ係交代するよ、という気遣いだ。

それにあたしが待ったをかける。

「あ、でもせっかくなら、ひな乃も一緒に撮ろうよ。鞠佳班ってことでさ」

「そう？　じゃあ誰かに」

こういうとき、ひな乃は割とノリがいい。そもそも断ることがめんどくさいって思ってるのかもしんないけど。

ひな乃は辺りをきょろきょろ見回して、たまたま通りがかった女の子に声をかける——。

「玲奈。カメラ撮ってくれる？」

げ。

「え？　玲奈さん？　いや、いーけど」

きょとんとした顔でデジカメを受け取る玲奈。

おいおい。クラスの女王である西田玲奈をシャッター係にするとか、こいつほんとに怖いものなしっていうか、なんていうか……。無敵か？　ひな乃。

あたしとちょっと揉め事を起こした玲奈は、今じゃそんなことをまったく忘れたような顔でファインダーを覗き込んで。

「お、けっこーいいやつだねー。ふふん、それじゃすっごく盛ってあげっかんねー」

さすが現役モデル……。被写体だけじゃなくて、カメラマンとしてもそれなりにこだわりがありそうだ。

「鞠佳、なにやってんのー、もっと中央。くっついて。五人が収まんないからー。ほらほら、ちーも笑顔笑顔」

「わかってて言ってんなお前……」

「注文の多いやつ！」

やたらとパシャパシャと何枚も撮られて、ようやく解放されたと思ったら。

「あー！　写真撮ってる！　私代わってあげるよ西田さん！」

今度は声がでかいのがやってきた！

クラス委員長の、伊藤夏海ちゃんだ。

「ね、西田さん！　ほら、榊原と一緒に写りたいでしょ？　親友、だもんね！」

トレードマークのポニーテールを仔犬の尻尾みたいに嬉しそうに揺らして、夏海ちゃんは玲奈からカメラを受け取る。

違うんだよ！　クラスの前で開催されたあの和解劇は、ただの茶番で！

なんて、もちろん言えないから、玲奈がおかしそうに笑って。

「あ、そー？　じゃー、委員長よろしくー」

交代して、今度はこっちにやってくる玲奈。

腰を抱かれた。

「離しなさいよ……」

「えー？　『しんゆー』なのにぃー？」

腹立つ笑顔だ……！

「あ、よくわかんないけど、うつりたーい！」

「うつるー！」

玲奈グループの岸波（きしなみ）や戸松（とまつ）までやってきて、際限なしに人数が増えてゆく！

「いっくよー！」

夏海ちゃんが写真を撮る頃にはもう、クラスの半分ぐらいが集まってきてた。こんなにおおごとになるとは思ってなかったよ！　恥ずかしい！

「あはは、いい感じ！」

グッと親指を突き出してくる夏海ちゃん。

「記念写真じゃないんだからさあ！」

あたしのツッコミに、周りにいる女子たちが笑う。

まあ、案の定あとで先生に『騒ぎすぎ』って怒られたんだけどさ！　代表であたしが！

その後はちゃんと大人しく時間まで待機した。（ほんとだよ）

そうして、いよいよ飛行機に乗る順番が回ってくる。

屋根のある歩道橋みたいなやつを通って、そのまま飛行機の中へと入ってゆく。

「うわ狭」

飛行機の中に入るなり、うめいてしまった。

天井(てんじょう)も低いし、なんか圧迫感がすごい。

そりゃ、飛ぶためにギリギリまで重量を軽くしなくっちゃいけないんだろうけど、なんかちょっと息苦しい……。

「後ろのほうだったね」

チケットの席番号を確認しながら進む。飛行機の尻尾側。横に並んだ2列と中央3列のシートが、あたしたち鞠佳班の縄張りみたいだ。

3列シートのほうは、悠愛と知沙希、それにひな乃の席だ。あたしは2列シートの前に立って、一応、絢に聞いてみる。

「ええと……絢どっちがいい？」

「鞠佳が窓側でいいよ。はじめての飛行機でしょ？」

「う、うん……ありがと」

なんか心の中を見透かされたような気分になりつつ、席に座る。

いや、急に罪悪感が！

「ごめん……聞いたら絢があたしに窓側を譲ってくれることなんてわかってたのに……あたしは己の欲望のために絢の善意を利用した……！　浅ましい女だ……！」

「鞠佳はおもしろいね」

「なんで⁉」

本気で言ってるのに！

席について、シートベルトを締める。妙に緊張しながら待ってると、周りは北高生で埋まってった。

飛行機に押し込められて十分ぐらい経って、ようやく飛行機が動き出す。

「ついに飛ぶんだ……」

「鞠佳ひょっとして」

ぎくっとする。絢は顔を近づけて、小声で問いかけてきた。

「……こわい？」

あたしはごくりと生唾を飲み込んだ。

「いえ、ぜんぜん？」

虎の威をまとい、言い張る。そんな、高校三年生にもなって初めて乗る飛行機が怖いとか、まさかまさか……。そんなことあるはず……。

絢がそっと手を握ってくる。うっ。

「そっか、そっか」

私はすべてわかってるよ、という声色に、強がりが揺らぐ。

「あの……仮にあたしが、飛行機こわいとして、どうしますか」

「かわいそうだから、鞠佳をリラックスさせるために、がんばる」

あたしは疑わしげな視線を向ける。

「……いつもみたいに『鞠佳ってば飛行機こわいのー？　えー、おこちゃまみたーい♡　かわいすぎー。べろべろばー♡』みたいに言わないの？」

「いわないいわない。っていうか、そんなひどいこと、いったことないよ……」

「ええー……」

ふるふると首を横に振る絢。そうかなあ。

「だって、飛行機は私がとばしてるわけじゃないし」

「どゆこと」

絢は人差し指を立てて、真剣な顔で講釈を垂れてきた。

「私が発生させた鞠佳の感情は、責任をもって愛でながら受け止めるし、すべてを味わい尽くしたいと思ってるけど。私に矢印の向いてない状態の鞠佳は、ただ健（すこ）やかに幸せでいてほしい気持ちでいっぱいだから」

うん……。ぜんぜんわからん！

ただ、今の絢は敵ではなさそうだ。いや、普段の絢も別に敵ってわけじゃないんだけど。

おずおずと、絢の膝の上に手を置く。

「だったら、その……とりあえず手を握ってくれたらいいので……」

「わかった。鞠佳が健やかに幸せでいてくれるように、がんばる」

「そんなに大きな話ではないけども……！」

ごごごごと大きな音を立てながら、飛行機は滑走路に向かって走ってゆく。

がたんがたんと揺れるたびに、あたしは握る絢の手にぎゅっと力を入れる。絢はあたしの手を包み込むように、両手で握っててくれた。

ちょっとは心強い、かな……。

「いや、だいたいこんなに大きなものが空を飛ぶとか、おかしいじゃん……。毎日すごい数の飛行機が飛んで、事故なんて滅多にないってわかってるけどさ……。でも、お空で事故ったら逃げ場とかないわけじゃん……！」

ぜんぜん意識してないのに、独り言が漏れる。

周りの生徒たちは、あたしの不安をよそに、わいわい騒いでる。もし機長がお喋りで集中力を乱して、運転を間違えたらどうするんだ！

こんなことなら、交通安全のお守りでも買ってくればよかった。後悔する。今すぐ気絶するように眠りたい。

「……」

心配そうな顔をした絢は、手を繋いだまま、不意に。

「⁉」

さわ……と、もう片方の手で、あたしのふとももを撫でてきた。

なぜ⁉

絢は『大丈夫だよ』とばかりに、じっとあたしの目を見つめてくる。患者を助けようと尽力するお医者さんみたいに真剣だった。

「あ、絢……⁉」

でもなんか、手つきが……不穏なんだけど……。

肌の表面を触れるか触れないかの微妙さが、こそばゆい。

その手は、やがてスカートの中にまで入り込んできた。

「ちょ、ちょっとっとっと！」

慌てて裾を押さえる。

絢は大丈夫、大丈夫とばかりにうなずいてくる。

いや、ぜんぜん大丈夫じゃないんですけど！　前後の席にもしっかりばっちりクラスメイトが乗ってるんですけど⁉

そりゃ、座席の間隔も狭いし、絢の身体で隠れてなにをしてるかは見えないかもだけど……！　さすがに！

ま、まさかだよね……？

あたしはすがるような目を絢に向ける……。しかし……。

「……」

絢はあたしを見て、口の端を意味深に釣りあげた。猫がじゃれつくように、その指をふとものさらに奥へと忍び込ませる。

う、うそでしょ。

ちょんちょんと、頬をつついてくるならかわいいような指が、しかしショーツのクロッチ部分をノックしてくるから話は別だ。別すぎる。

普段なら、殴ってでも止めてやろうって思うのに……。でも、絢はたぶんあたしのためにやってることだろうし……。

「だ、大丈夫だから、絢……。こんなことしなくても……」

あたしは気弱な笑顔を浮かべつつ、小声で訴えかける。

ビビってるあたしの気を逸らすために、わざとえっちなことをしてるのだ。

だから止めてって言えば、ちゃんと止めてくれるはずで――。

「…………」

あっ、ぜんぜん止めてくれない！　その目が、ヤな感じになってる！

「あ、絢さん……⁉」

「……鞠佳」

絢、さては興奮してるの⁉

「だめだってば……！」

腿を閉じて、ぎゅーと絢の手を挟み込む。これでさすがにやめてくれるかと思ったけど、そしたら指先だけでスカートの奥をくすぐってきた。

やばい、ほんとに。刺激は優しいのに、しつこくて。

「……っ」

汗が噴き出てくる。声を出さないように喉（のど）を閉めて耐える。

こんないたずら程度で気持ちよくなったりしないけど……でも、でも……。

どうしたって神経が集まってる場所を常に刺激されてるわけだから、意識がそちらに引っ張られる。視界が狭まってくる。

「絢ぁ……」

口元を押さえて、前かがみになる。

さらにふとももで絢の手を圧迫するけど、下半身の三角形の地帯に入り込んだ指は、まるで関係ないとばかりに悪さを働いてきた。

絢が指を立てて、ひっかくように動きを変える。

かりかり、かりかり、と。

さっきよりピリピリと強い、もどかしいぐらいの刺激が、あたしの脳裏を焼きつかせる。

「や、これ、ほんとに……っ」

腰が跳ねてしまいそう。もはや腿で挟んだ絢の手すら、しっとりと伝わってくる人肌の温かみで気持ちがいい。

やがて絢は、ショーツの縁を焦らすようになぞり始めた。妖しくうごめく白い指。まるでスカートの中が透けて見えるかのように、その奥で行われてる密事を想像してしまう。

まさか、直で触るつもりってことは、ないよね……？

ありえないよね？　さすがにさすがに。そんなのヘンタイすぎ。

背筋がゾクゾクとして、体が震えてくる。マラソンしてるみたいに、呼吸が苦しい。だってそんなの、そんな、ここ、飛行機の中なのに——。

ぴたりと絢の手が止まった。

「………？」

顔をあげる。

「おしまい」

絢はすっと手を抜いて、同じユビで窓の外を指差す。

「ほら、飛んでるよ」

「え……？　あ」

窓の外には一面の雲海。いつの間にか、飛行機は離陸してた。

周りの生徒たちに目を配れば、みんなもうリラックスして、思い思いの過ごし方をしてる。

飛行機の揺れも、穏やかだ。

絢は優しく微笑む。

「がんばったね、鞠佳」

「……」

あたしは絢の横顔にチョップした。

「……!?」

目を白黒させる絢。ピンク色の熱をぜんぶ吐き出すように、うなる。

「ぜーったい途中で目的忘れてたでしょ！　あんた！」

「そ、そんなことは……」

あわあわする絢に、あたしはしばらく不機嫌な顔で窓の外を睨(にら)みつけてたのだった。

だから、お外ではダメだって何度も言ってるでしょ！　もう！

お空の旅は、快適だった。

飛行機は離着陸のときがいちばん揺れるらしく、もうシートベルトをしなくても自由に席を行き来していいんだとか。

真ん中の席のほうでは、知沙希と悠愛とひな乃で、ウノして遊んでた。

とはいえ、酔っちゃうのも嫌なので、あたしは絢とお喋りしたり、適当な音楽を聴いたりして過ごすことにした。

だけど、朝早かったこともあって、なんとなくうとうとしてしまう。

「……ねむ」

「寝てていいよ。私も……」

絢があくびを噛み殺す。

「眠そうにしてる絢って、レア」

「昨日、あんまり眠れなくて」

「それって、修学旅行が楽しみで?」

冷やかすような態度で聞くと、絢が言葉に詰まった。あらあら。

「なにそれ、絢ちゃんかわいい」

絢が口を尖らせる。

「私、あんまり泊まりがけの学校行事に、いい思い出がなくて」

「そうなの?」

「小学校の林間学校でも、日射病になってひとりで寝てて。中学校の修学旅行は、もう友達がいなくてずっと先生と一緒だったし」

「う、うん……そっか……」

絢の、希薄な人間味を補完するかのように、ときどき出てくる寂しいエピソード集だ。

こんなにかわいくて美人で性格もいいのに、それで友達ができるわけじゃないってのは、女子の難しいところだね……。

そうか、それで楽しみで眠れなかったのか……。かわいそうでかわいい絢ちゃん……。

「わかった、絢」

あたしは絢の手を握る。

「思い出に残る修学旅行にしようね！」

「……うん」

絢は穏やかに微笑んだ。

隣の席から、声が飛んでくる。

「ぜったい楽しい旅行にしようねー！」

悠愛だった。にんまりと笑ってる。

……なにかを企ててるような笑顔だった。なんだあいつ。

絢が振り返って、大きくうなずく。

「うん、三峰さん」

「だよねー！　あやや！」

……。明らかに共謀してるふたり。

いや、あたしは気づかないフリをしようと決めたんだ。例えこの旅行が付き合って一周年記念を彩(いろど)るものだったとしても。絢が悠愛や知沙希に相談して、その計画を企ててたことが、バレバレだったとしても……！

あたしは腕組みをして、座席にもたれかかる。そのまま目を閉じて、狸寝入り(たぬきねい)りでもしようかと思ったんだけど。

「ふぁ……」

そんなことするまでもなく、素直に眠くなってきた。

あとから聞いた話だと、気圧のせいで飛行機内の酸素が薄くなり、頭がぼーっとしてしまう現象があるんだとか。

次第に、北高の生徒たちも静かになってきて。

「ちょっと寝るね、絢……」

「うん、私も」

あたしと絢は肩を寄せ合って、瞼(まぶた)を閉じた。

こういうとき、隣が恋人ってほんとに楽でいい。気にせず寄りかかれるし、手が触れ合ってもぜんぜん気にならないもんね。……まあ、さっきの離陸のときみたいなこともあるけど！

「ん……」

　ぼんやりと、目を開く。

　肩にまだ重さを感じる。体を動かさずに視線だけで隣を見やると、ぷらんと綺麗な手が投げ出されてた。どうやら、あたしが先に目を覚ましたみたいだ。

　手持ち無沙汰で、寝る前に閉じてたシェードを開く。

　ずっと雲の上だから、景色が変わらなくて案外、面白くないなって思ってたんだけど……。

　でも！

「わっ、ね、ね、絢！」

「……ん」

　絢の肩を摑んで揺らす。あたしは外を指差した。

「海だよ、海！　沖縄の海！」

　あたしの声に、寝てた北高の生徒たちもぽつぽつと目を覚ます。窓側の席に座ってる子たちが、にわかに盛り上がる。

「わあ」『沖縄だー！』『どれどれ⁉』『おおー！』

　潮騒のように声が聞こえてくる。

　絢も身を乗り出して、あたしの体越しに窓を見つめる。

「ほんとだ。海だね」

「うん！」

小さな窓からは、青い海にビスケットを浮かべたみたいな島が、くっきりと見下ろせた。

あれが、きょうからあたしたちが3泊4日で泊まる場所。沖縄本島。

こうして見ると、ようやく実感がわいてきた。

「うわー、すごいなー。ほんとに沖縄についちゃうんだ」

海に反射する光が眩しい。思わず口角があがり、笑顔になってしまう。遠くにやってきたんだという感慨と未知のワクワクに、胸が弾む。

そこで乗務員さんのアナウンスが聞こえてきた。

これから着陸準備に入るので、席を立たないように——とのことで。

そうだ！　まだ無事にたどり着けると決まったわけじゃないんだ！

「どうしよ、絢！　着陸に失敗して飛行機バラバラに砕けちゃうかも！」

「う、うん。大丈夫だと思うよ。だめでも、死ぬときは一緒だからね、鞠佳」

「それで『そっかあ』って落ち着けるかっ！」

映画のクライマックスみたいな台詞をサラリと吐く絢。覚悟決まりすぎてて、真顔が怖いんだよ。そのふとももをぺちんと叩く。

するとは絢は、清楚に微笑んで。

「じゃあ、またなでなでなでする？」

あたしに見せつけるように、中指の第一関節を折る絢の側頭部に、再びチョップした。

「いたい」

「やめ！」

そんなんでよく人のことエッチとか言えるよね⁉　まったくもう！


飛行機は、島の周りをカモメみたいに旋回してから、無事に那覇空港へと降り立った。

着陸の瞬間はさすがにビビって絢の腕にしがみついちゃったものの、しかし、あたしたちは無傷で旅の片道を終えることができたのだった！

そして――。


『暑ぅ！』

那覇空港に降り立った鞠佳班は全員、悲鳴をあげた。

いや、絢だけは平気そうな顔をしてる！

あたしは絢を支えに立ちながら、うめく。

「なにこれ、ぜんぜん爽やかじゃないし……普通に日本の夏じゃん……！」

「日本だよ」

「そうだけど！　そうじゃなくて！」

絢の手を揺らす。触ってると暑い！　放り投げる。

「もっとこう、カラッとしているイメージがあった！」

「かってなイメージだよ。むしろ沖縄は湿度が高い」

「ごめん沖縄！」

あたしが勝手にカラッとしたやつだと思い込んでただけで、沖縄は元からちゃんと高温多湿の亜熱帯だった……。熱さの膜が全身を覆ってるような気分である。

「だめだよ、ちーちゃん！　あたしこんなに暑いの耐えられない！　脱ぐね！」

「やめろやめろ」

「もう全裸で過ごすね！」

「やめろ！　白幡もカメラを構えるな！」

制服を脱ごうとする悠愛と、それを止める知沙希。カメラを向けてくるひな乃。さすが沖縄。ただそれだけで人の心を童心に戻すなにかが……いや、この子たちはいつも通りだ。

辺りに目を向ける。

沖縄の空港は、ついた直後から沖縄感が強い。ヤシの木みたいな飾りもそうだし、あちこちに、めんそーれの文字。全力で沖縄アピールしてきてる。なんかこの感じ、癖になりそう。

騒がしい鞠佳班を引き連れて移動。

全員集合して点呼を取った後で、今度は荷物を取りに向かう。

おお、テレビで見たことある。ベルトコンベアーだ。

「ここを荷物が流れていくんだ……。えっ、一回取り逃したら、おしまいってこと？」

「そうしたら、もう一周ながれてくるよ」

「なるほど。回転ずし方式。でもこれ、みんな似たようなキャリーバッグ持ってきたらわかんなくなりそう」

「一応、タグはついてるけど、しっかり番号見なくちゃいけないね」

「あたしと絢、同じバッグでよかったね！　どっちかが見つければいいわけだし」

「ん」

絢は目を皿のようにしてベルトコンベアーの監視を始めた。飛行機初めてのあたしに対して、経験者の私がリードしなきゃ！　って思ってるのかもしれない。愛いやつだ。

トラブルもなんもなく、あたしと絢はそれぞれの荷物を回収。集合場所に戻ってきて、再びみんなを待つ。みんなというか、北高生全員が戻ってくるのを。

すぐ外は沖縄なのに、ここで足止めを食らって餌を待つワンコみたいになってるのは、正直、たるい。

「あたし、自分は協調性あるほうだと思ってるけど……でも早くも、団体行動が鬱陶しくなってきた……」

まだ初日の、沖縄についたばかり。こんなんで3泊4日やっていけるのかな……。

渋面を作ってると、絢にふふふと笑われた。なんだよー。

「絢はぜんぜん平気そうだね。心を無にしてるの？」

「ううん。鞠佳のこと見てる」

「え？　な、なんで？」

まっすぐに視線を向けられて、心当たりのないあたしに、絢はいくらでも時間を潰すことができる秘訣を教えてくれた。

「鞠佳との修学旅行は初めてだから。ずっと見れちゃう」

愛いやつ！

そんな嬉しそうな顔で言うんじゃないよ！　周りにクラスメイトがいるのに、抱きしめちゃうだろ！

確かに、学校を卒業しちゃったら団体で旅行に行くことなんて、基本ないだろうしな……。そういう意味ではこれも、貴重な時間……？　青春の一ページ……？

いや、さすがに。さすがに。

絢はレアコレクターだから、あたしの表情ぜんぶ見てみたいとか言ってるけど、あたしは普通に楽しいことだけを楽しみたいよ……。

団体旅行じゃなくて友達との旅行だったら、待たされることもないし。サクサク見たいところを見たいように回れるもん。

　よし、決めた。あたしは妄想の翼を羽ばたかせる。いつかまた必ず絢と飛行機旅行するぞ。

　そして、今度は自分のしたいように楽しむんだ。

「決めたからね、絢」

「うん、わかった」

「適当に返事するんじゃない！」

「いつか一緒に、またどこかに行こうね」

「⁉」

　この子、ほんとにあたしのことぜんぶわかってる……⁉

「た、たまたまだよね？」

　絢はなにも言わず、意味深に微笑んだ。

　きょうは絢にずっと手玉に取られてる気がする。自分は旅行慣れしてるからってこいつ。

　きょうだけで済めばいいんだけども、果たして……。

　謎の緊張感が高まってきた。旅行の間、ずっとマウントを取られ続けるわけにはいかない。

　なんたって、ほとんどの時間を絢と一緒に過ごすんだから。

　ようやく先生が「北沢高校いきまーす」と声をあげた。

　あたしたちはキャリーバッグを引いて、今度は外で待つバスに向かってゆく。

こうして、合計4時間半の道のりを終えて、ようやく沖縄修学旅行が始まるのだった。

うわあ！　外、さらに暑っ！

＊＊＊

「ふぃー……。ようやくホテルだあ……」

あたしは両手を広げて、ベッドに倒れ込んだ。

平和学習という名の、講堂で偉い人のお話を聞く行事が終わって、さんざんバスに揺られたのち、ようやくホテルにたどり着いた。

初日の修学旅行は、『学を修める』の名の通り、半分授業みたいなものだった。

講堂には時期的にまだクーラーもついてなかったから、精神面だけじゃなくて体力まで鍛えられた気がする。ハードな一日だった……。

「つっかれたー。あたしやっぱり、中学より体力なくなってるなー……」

ホテルのごはんも、ユニットバスでのお風呂(ふろ)も終わった。

あとは正真正銘、寝るまでの自由時間だ。

持ってきたパジャマに着替えて、スマホの充電器をコンセントに差す。

ホテルのお部屋はシンプルな家具と清潔感のあるインテリアで、スッキリとした印象だった。

少し内陸にあるホテルだから、窓から青い海が見えないのは残念だったけど、それは明日以降のホテルのお楽しみらしい。

　そして、部屋にはツインベッド。

　つまり。

「鞠佳、ドライヤーありがと」

　コードをまとめたドライヤーをあたしに返してくれるのは、同じくパジャマ姿の絢だった。

　こちらこそ、とドライヤーを受け取って、使わせてもらった美容液セットをお返しする。

　絢との相部屋である。

　あたしが教師だったら、付き合ってるカップルをぜったい同じ部屋にするわけないけど、でも普通に見逃してもらえた。

　なんだろうね、学校側にもバレてるはずなんだけど、女の子同士だから別にいいじゃんって思われたのかな。まあ、違う部屋だったとしてもどうせ交換してもらいましたけどね！

「鞠佳」

　ベッドに座るあたしの隣に絢がやってきて、並んで腰かける。お風呂上がりの無防備な甘い匂(にお)いが香る。薄手のハーフパンツから伸びた生足は、まだしっとりと濡(ぬ)れてるみたいだった。

　……ふたりっきりだと、なんか、意識しちゃう。今は修学旅行中だってことを忘れないようにしなくっちゃ。

絢がスマホを構えて、自撮りする。そのまま、あたしに身を寄せてきた。

「ね、鞠佳のことも、撮っていい？」

「なになに？」

「バーのみんな宛に。修学旅行でいっぱいおやすみもらっちゃったから、いちおう、そのおかえしで」

「あ、そゆこと。もちろんもちろん」

顔を作る。パシャリと音がする。

絢がバーの皆さんとのグループラインに、あたしと絢のツーショットの写真を流す。返信の内容は様々。だけどその大半が、高校生の修学旅行を懐かしんだり、羨（うらや）んだりしてた。

肩越しに画面を覗き込んでると、絢がこっちを向いた。唇に軽いキスをしてくる。

「ん。これも撮って送る？」

「やだ」

笑いながら、絢が首を横に振って、首元に抱きついてきた。

そのまま体重をかけられて、あたしはベッドに押し倒される形に。わわ。

「えー、だめだよー、絢ー。明日だって、朝早いんだからねー？」

「……」

お姉さんぶった声で、甘えん坊さんに言い聞かせると、絢の手のひらがあたしの胸の上に置かれた。あ。

絢の指が、くりくりと胸の周りをなぞる。

「だめなんだ。そうなんだ。ふーん」

後輩を手玉に取る先輩のような、どこか面白がってる声だった。

うっ……さっきまでの無邪気(むじゃき)な絢じゃない……。これは小悪魔の絢ちゃん……。

緩く細められた目を向けられると、あたしは急速に声をしぼませてしまう。

「う、うん。だめだからね……。だめだめ」

「へー。ふーん」

どこでスイッチが入ったのかわかんないけど、どうやら絢はあたしを弄(もてあそ)ぶことに決めたみたいだった。

ずるい。あたしだってお風呂上がりの絢に、ドキドキしてたのに……。

「じゃあ、鞠佳のこと、かるくマッサージしてあげるね。いっぱい移動して、つかれたでしょ？」

「マッサージって……こないだみたいな、やつ？」

「ううん。きょうはね、お胸のマッサージだよ」

絢は頬杖(ほおづえ)をついたまま、もう片方の手であたしの胸を揺らす。

あたしはもう完全に油断してて、絢と一緒だからって、いつもの調子でノーブラになっててしまってたから、しまった、と思った。

絢の指先がゼリーをつつくみたいに、パジャマの上からあたしのおっぱいをなぞった。

その微弱な刺激に、あたしは鼻から受けるような声を漏らす。

「ん……んぅ……」

こんなマッサージないって、あたしも絢もわかってるのに。でも、なぜかそれを指摘する気にはなれなくて、絢にされるがまま。

まるで踊るみたいに、指があたしの胸を何度も行き来する。なのにさっきから、一切突起に触れようとはしなかった。……意地悪されてる？

でも絢の目は、自分の大切な宝石を箱から取り出して、磨いてるみたいだったから。あたしはなんとなく、そのまま絢に身を委ねてしまった。

これって……どんな意地悪でも絢だったら、まあいっかってことなのか。それとも、絢は意地悪しても最後には気持ちよくしてくれるよね、って信頼してるからなのか。

その両方かも。

「……んん……」

何度もかすかな声が漏れる。まずいのは、きょう一日、あちこちで絢にちょっかい出されてたことだ。体が敏感になっちゃってる。

今は修学旅行中で、明日もある。さっきの言い訳はほんとだけど、でも、でも……。

中途半端にされるのも、やだ。

胸の先が膨らんでるって自分でもわかるから、すっごく恥ずかしいのに。でもあたしは、自分の胸を押し上げるように腕を組んで、じっと絢の目を見つめる。

あたしの視線を受け止めた絢は、満足げに微笑んで、あたしのパジャマのボタンをひとつひとつ外していって――。


ぴんぽーん、とチャイムが鳴った。


口からぎゃあと内臓が出ちゃいそうなほど驚いた。飛び起きる。

「あ、だれか来た」

「そうだね！」

平然としてる絢を横に蹴っ飛ばして、あたしはキャリーバッグを漁る。替えの下着をひっつかんで、慌てて着衣。シャツを整える。

そうだよ、ここあたしとか絢の部屋じゃなかった。修学旅行の真っ最中だよ！

ドアに駆け寄って、勢いよく開く。

「は、はい、もしもし！」

「やっほー、まりか、あややー。遊びに来たよー」

「よ」

案の定、悠愛と知沙希だった。ふたりもパジャマ姿である。

「あ、う、うん！　いらっしゃい！」

あたしの横を通り抜ける悠愛。

しかし知沙希は立ち止まったまま、ニヤニヤとしてる。なに⁉

「マリ、ほっぺた真っ赤だよ」

「え⁉　そ、そっか！　お風呂上がりだからかな！」

「そかそか、お風呂上がりだもんなー」

知沙希はわざとらしくあたしの言葉を繰り返す。くっ。

前に知沙希の家に水着の写真もらいにいったときの、仕返しか……⁉　あんなの玄関で
ちゅっちゅしてるほうが悪いんじゃん！

じゃあ修学旅行先のホテルで絢とイチャイチャしてるあたしが悪いってことか……。それは
確かにそう……！

「で、な、なに？」

「ふたりとも、どうかした？」

妙に汗かいてるあたしに対して、平然としてる絢。ずるい！

あたしの前だとあんなに表情豊かなのに、普段はほんとにポーカーフェイスだ。それどう

やってんの？　あたしにもコツを教えてほしい。

４人で適当な場所に座る。手ぶらでやってきた悠愛は、いきなり爆弾を投げ込んできた。

「で、で、ふたりでえっちなことしてた？」

「はあ⁉」

ポーカーフェイスと程遠いあたしは、思いっきり目を剝いてしまった。

まだぜんぜんしてませんでしたけど⁉　ただのマッサージでしたけど⁉

反射的に叫びそうになる。飲み込んだ言葉は、心臓の辺りで暴れてた。

「こらこらユメ。いきなりギア上げすぎだぞ」

「えへへ、ドンマイ！」

「なんなの……」

「で、お楽しみの最中だったりした？」

「なんなの！」

思わず立ち上がってしまった。

「こないだの意趣返しか⁉　きょうはあたしをイジって遊ぼうの回か⁉　言っておくけど、あたしは追い詰められたら牙を剝くからね！」

笑う悠愛と知沙希に、両手でがおーというポーズ。威嚇する。

ていうかね、ていうかね！　あんたたちが来なかったら、今頃ちゃんとお楽しみだったんだよ！　ばか！

そんなあたしの欲望まみれの心の叫びはともかく、悠愛が顔の前でブンブンと手を振る。

「違う違う、あのね。えっとー……ちーちゃん、パス！」

「えーと、私たち不破と話してさ、とある計画を立てたんだよね」

「絢と相談……」

出た。例の付き合って一周年記念企画のやつだ。

いよいよここで！

見やるも、絢はお人形さんみたいに行儀よく座ってる。それどういうテンションの顔？　周囲の音を遮断してるの？

さあ、いったいどんなロマンチックな計画を白状してもらえるのかと思えば、なぜか口を開くのは悠愛だった。

「ふっふっふ、題して――」

あたしは嫌な予感がした。

悠愛はいつか『サポ受けてみたら！』と言って、あたしが絢にとんでもない目に遭わせられたときと同じテンションで、高らかに謳（うた）った。

「――明るく、楽しい、いちゃいちゃらぶらぶ修学旅行！」

悠愛がなにを言ってるのかさっぱりわからず、あたしはついに叫ぶ。

「ありえないでしょ！」

まさか、絢が悠愛と知沙希に相談した結果、そのすべての被害があたしに降ってかかることになるとは思わなかった。

あたしの修学旅行は、確実に、思い出に残る修学旅行になってしまうことを、あたしはこの瞬間に確信したのであった。

修学旅行　2日目

時刻	場所	活動内容
7:30	朝食	○班ごとに朝食
8:30	ロビー	○ホテル移動のため荷物整理
9:00	バス移動	**生徒集合**
		【班長】点呼
		○貴重品袋返却
10:00	琉球文化体験	**各班ワークショップ**
		○ガラスアート
		○沖縄陶芸体験
		○三線楽器体験
12:00	バス移動	**生徒集合**
		【班長】点呼
12:30	昼食	
13:15	バス移動	**生徒集合**
		【班長】点呼
14:00	海洋博物公園	○各班自由行動
		○備瀬崎水族館
		○植物公園
17:45	バス移動	**生徒集合**
		【班長】点呼
18:15	ホテル着	**生徒集合**
		【班長】点呼
		○各室鍵配布
		○【班長】貴重品袋を受取、班員から貴重品を集め、担任に預けること
		○貴重品袋は翌朝返却
19:15	夕食	**生徒集合**
		○【班長】点呼
		○全員揃ってからいただきます
20:15	入浴	**各部屋備え付けの浴室のみ**
		○【班長】翌日スケジュール確認
		○【班長】各班の点呼後、担任報告
23:00	就寝	**消灯**
		○消灯後は私語厳禁

鞠佳班は
ガラスアートね

＊今回の目玉!!

20:00
みゆゆと合流

不破絢は悩んでいた。

修学旅行直前の、ある日の放課後である。

この日、榊原鞠佳は親に宅急便の受け取りを頼まれたと言って、急いで帰ってしまった。

鞠佳だけ先に帰るのは珍しかったが、絢もひとりになってじっくりと考えることがあったので、丁度良かったといえば丁度良かった。

とはいえ、抱えているのはちょっとやそっとでは解決できない難題だ。占い師にでも導いてもらいたい気分だった。

「あーやや。帰らないの？」

「あ、うん」

いまだ席に座ってぼんやりしていた絢は、帰り支度を始めながら。

あ、と気づく。

「……あ、えと、三峰さん」

絢は遠慮がちに悠愛を呼び止めた。リュックを背負った悠愛は、その小さな声に気づいて、振り返ってくる。

「うんー？」

小首を傾げる三峰悠愛は、どこからどう見てもイマドキの女子高生。流行にも詳しく、よく鞠佳とテンポのいい会話を、呪文のように高速で繰り広げている。

「どした?」

さらに横から松川知沙希もやってきた。クールでスマートな知沙希は、いかにも頼りがいにあふれている。鞠佳にはびっくりするほど大勢の友達がいるが、その中でも特に知沙希は、鞠佳の相方のようなポジションに見えた。

絢は立ち上がる。

小さく手を伸ばし、その手を胸元に引き寄せて、たどたどしく口を開いた。

「ちょっと……忙しくなかったら、でいいんだけど……相談に、乗ってほしいことがあって」

悠愛と知沙希がびっくりして顔を見合わせる。

実際、絢がふたりに向かってなにかをお願いするのは、初めてのことだった。

同じグループとして一年近く顔を合わせているだけあって、それなりにお喋りはする。

悠愛は鞠佳に次ぐコミュ力の権化として、ふたりきりのときでも絢がまったく気まずくならないように喋り倒してくれる頼りになる女の子だし。知沙希とはゲームの趣味が似通っているので、休みの日でもメッセージで話したりする。

ただ、どうしても絢は自分のポジションがあくまでも『鞠佳のカノジョ』だと認識していたため、ふたりに深く関わろうとはしなかった。グループに入れてもらった身として、出しゃばった真似をするべきではないと思っていたのだ。

しかし、今回ばかりは話が別だ。絶対に失敗できない理由が、絢にはあった。

だから、勇気を振り絞って声をかけてみたのだが。

不安げに瞳(ひとみ)を揺らす絢に対して、がばっと悠愛が襲い掛かるようにして、手を握ってきた。

「えーなになに⁉　珍しー！　いいよ！」

「う、うん。ありがと」

「あれ⁉　なんか引いてない⁉」

「勢いがすごいからだろ」

知沙希はさっさと歩き出す。

「んじゃ、駅前のカフェでいい？」

その話の早さに、絢は目を瞬(まばた)かせる。

「あ、うん。時間とか、用事とか……大丈夫？」

「アヤが私たちを頼るなんて、よっぽどのことだろ。いいよいいよ。どうせふたりでどこか寄って帰るかって話をしてただけだから」

「助かります」

「そんな、上司相手みたいに言わなくていいって！　あたしたち友達じゃん！」

悠愛が笑顔で絢の手を引く。なぜか逆に急かされるようにして、絢は引っ張られていった。

カフェに到着。カップルに挟まれるようにして座った絢は、ドリンクを奢ろうかと申し出た

のだけど、知沙希に断られてしまった。友達にそういうのはいらない、だそうだ。(悠愛は奢ってもらいたそうにしていた)

テーブル席について、絢の前に知沙希と悠愛が並んで座る。

「で、マリのこと?」

足を組んだ知沙希が、早速本題に入ってくる。

悠愛がちっちっちと指を振った。

「ちーちゃん、そうとは限らないよ。例えば、テストのこととか!」

「アヤは学年一位だぞ」

「……進路のこととか!」

「ユメにだけは相談しないだろ」

「ふぐぅぅぅ……!」

悠愛はまるでお菓子を買ってもらえなかった幼児みたいに唇を結んだ。

絢は慌てて両手を振る。

「あ、じゃあ、えっと。そう、進路のことでも悩んでて」

「大丈夫だから。そういう優しさ振り撒かなくていいから」

そう言われても。

しかし、チョウチンフグみたいな顔をしていた悠愛は、次の瞬間には明るく笑っている。

「じゃあじゃあ、やっぱりまりかのこと⁉」

「う、うん」

コクコクとうなずくと、知沙希が『な？』という目を向けてきた。次から次へと表情が変わる。鞠佳とは違った意味で、花火のような女の子だ。

さすが知沙希は恋人だけあって、相手のことがよくわかっている、と感心しつつ。

「もうすぐ、鞠佳と付き合って一年なんだ」

だからなんだって話なんだけど……と、付け加える。他人のカップルの一周年記念なんて、どうでもいいだろう、というのは完全に絢の本心である。

しかしふたりは。

『おおー！』

悠愛だけではなく、知沙希までも声をあげて食いついてきてくれた。

「そっかそっか、まりかとあややがねえ、ついに一年もねえ」

「あんなに飽きっぽいマリが、続いたねえ」

絢は軽く首を傾げる。鞠佳に飽きっぽいイメージはなかった。

でも確かに、好きな飲み物はコロコロ変わるし、読み終わった漫画のことはスパッと忘れてたりする。ファッションに関しては特に、買っただけで着ない服だって多い。あれは飽きが早いというよりは、ただ迂闊(うかつ)なだけの気もするが……。

「一年って、長いのかな？」

絢の基準はアルバイト先のバーだから、どうしても何年も連れ添ったカップルと比べてしまう。しかし、学生の時間感覚はまた違うようで。

「えー、長いよ、ぜったい長いって！　まあ、うちはもう一年半だけどねー！」

「すごいね」

「ふっふっふ」

絢は純粋にそう思ったので、素直な感想をつぶやいた。だが、悠愛はなぜか知沙希に「マウントを取るな」と怒られていた。先生みたいだった。

そろそろ本題に入ろう。このままだといつまでも雑談してしまいそうで、ふたりの時間を奪ってしまうことが申し訳ない。

「それでね、もうすぐ夏休みだから。けど、鞠佳って予備校とか行って忙しくするみたいで、あんまり遊べなさそうで」

「あー、そうなんだ。それは寂しいねえ……」

寂しくなるだろうか。よくわからなかった。

別に、メッセージや電話のやり取りもまったくしなくなるというわけじゃないし。自分はけっこう平気かもしれない。自分は鞠佳と付き合っているのだ、という幸福感は、雪の日のコートのように絢のメンタルを温かく守ってくれている。

　ただ、鞠佳はきっと寂しがるだろうな、とも思う。

「がんばってる鞠佳のことは応援してあげたいんだ。だから、こう、モチベーション？　みたいなものをあげたくて」

　両手でふわふわした空想のモチベーションを撫で回しながら、一生懸命語る絢。

「夏休み前の修学旅行が、ちょうどいい機会かなって思って」

「なるほどな。それで私たちに」

「といっても、ぜんぜん思いついてないんだけどね」

　絢が小さく両手を挙げた。

　修学旅行で鞠佳にあげられるプレゼントなんて、一生に一度の思い出ぐらい。けど、どんなことができるのかはわからなかった。とりあえず、同じ班になるであろうふたりに意見を求めてみたいというのが、絢の考えだった。

「アヤは予備校とか行かないの？　進学するんだろ」

　知沙希が何気ない態度で、問いかけてくる。

「今のところ、その予定はないかな」

「なんで？」

　質問の意図がわからなくて、絢は聞き返す。

「なんで、って……」

理由は、アルバイトを続けたいからだ。しかし、なぜだか胸張って答えることが、絢にはできなかった。なんとなく、周りに置いてかれているようで、据わりが悪いからかもしれない。

「いや、なんでもない。えーとつまり、付き合って一周年記念のお祝いを、修学旅行でしてあげたいってこと？　だよね」

「うん」

知沙希の要約にうなずく。言ってみてなんだけど、割と無茶な話かもしれないと思った。だいたい、メインが班行動とはいえ、スケジュールは決まっているし。自由行動の時間だってそんなに多くない。できることは、かなり限られている。

「とりあえずさ、マリはどんなことが好きかって聞いてもいいかな。そういうので方向性って変わってくるだろうし」

知沙希たちはかなり本気で力になってくれるみたいだ。さすが鞠佳の親友。いい人たち。好きなこと。

鞠佳は新しいものが好きだ。近所に新しくオープンしたお店があると、すぐに行きたがる。お外で遊ぶのも好きだし、洋服を見るのもが好きだ。小物や雑貨の類も好きで、ハマってるキャラはいないみたいだけど、かわいいものは大体好きだ。

ときどき眩しくなるほどに、鞠佳にはたくさんの好きなものがある。鞠佳はきっと、この世界そのものが好きなんだろう。

――でもそれらは、鞠佳が好きなものというだけで、絢がわざわざ提供する必要はない。

だから結局。絢は思いついたことを、そのまま口にした。

「えっちなこと、かな」

知沙希が顔を逸らして吹き出した。悠愛はさもありなんとうなずく。

「わかる……。それは全人類が好きなやつだから」

「そうなんだ」

「いいこと思いついたよ！」

「ほんと？　早い」

「うん！」

悠愛が目を輝かせるのと連動して、知沙希の顔が暗くなっていった。

「いや、どうせろくなことを言わないから……期待しないほうがいいよ」

「そうなんだ……」

「待ってちーちゃん！　あやや！　あたしだってやるときはやる女だから！」

「自分でハードルあげないほうがいいぞ、ユメ」

「いやいや、これは大丈夫！　だって、あたしだったらメチャクチャ嬉しいもん！」

「ききたいききたい」

絢が悠愛を急かす。

そうして、得意げな顔で悠愛が言ったことが——。

＊＊＊　＊＊＊

翌日。修学旅行二日目の、朝食の席である。

悠愛の言葉を聞いた直後と同じような顔で、あたしは顔面を手で覆ってた。

「なんなの……。明るく、楽しい、いちゃいちゃらぶらぶ修学旅行って……」

「鞠佳が好きなことを、つめこんでみた」

もはや言い返す気すら失せてくる……。

明るく開放的な朝食会場の一角を、制服着た北高生が陣取っていて、その中で窓際のテーブル席にあたしたち鞠佳グループ5人が固まってた。

朝食はメニューが決まってて、パンケーキだった。チキン&フィッシュが盛り合わせており、デザートではない朝ごはんって感じのパンケーキは甘さ控えめで大変においしい。

でもこれ、沖縄料理じゃなくてどっちかというとハワイじゃないかな。おいしいからいいけど。あーおいしいなーごはんはおいしいー。

気を紛らわしてる間に、悠愛がフォーク片手にニコニコと口を開く。

「あたしとあやややで、がんばって計画を練ったんだよ。ねー！」

「ねー」

こんなに棒読みの『ねー』ある？

「知沙希がついてながら……」

「いやー。なんか逆に面白くなっちゃって」

「このやろ」

他人事だと思ってさ！

「で、なに？　付き合って一周年で、高校三年生の思い出作りに考えたのが、その、やばすぎなやつ？　本気で？」

「だいじょうぶ、鞠佳」

絢は自信ありげに微笑んだ。

「ちゃんとね、楽しませる仕掛けをいっぱい用意したんだよ。修学旅行の最中に、あちこちでミッションをするからね。いっぱいしようね。きっと満足させてみせるから」

「満足って……」

「カノジョとして、たっぷりと」

オブラートに包んではいるけど、それは明らかに愛の営みを意味してた。

「沖縄に来てまでやることか⁉」

「だいじょうぶ。東京じゃできないようなことを、いっぱい考えた」

「ばかじゃないの？　え、ばかじゃないの？」

頬を熱くしながら罵倒する。

よりにもよって一周年記念が、旅先であたしにえっちなことをすること♡　って、脳わいてるんじゃないの⁉

ふたりっきりならともかく、いやそれでも恥ずかしいけど。でも、今は友達がいるんだよ。あたしの感情をどうしたいわけ⁇

「いいじゃん、マリ。恋人の素敵なプレゼントだぞ。せっかく考えてくれたんだから、受け取ってあげなよ。えっちなこと大好きなんだろ？」

「あんたがいちばん腹立つ！」

安全圏からポイポイと石を投げてくる知沙希が、声をあげて笑う。その端正な顔面は、邪悪色に染まってた。

「逆の立場だったら、ぜったい嫌がるくせによお！」

「そんなことないし？　いやーマリが羨ましいなー」

「こいつ……！」

悪魔の牙が見え隠れする知沙希に、そろそろ手が出てしまいそう。

だがそこで手を挙げたのは、あたしじゃなくて。

「ちょっといい？」

隅っこで、もそもそとパンケーキを口に運んでたひな乃だった。

「だったら松川さんもやったらいいじゃん」

「……え？」「は？」

同時にひな乃に聞き返す、あたしと知沙希。

「あたし、不破さんと三峰さんから事前に『こういうことをするかもだから、協力して』って言われてたから、内容だいたい知ってるんだけど」

ひな乃は朝でも変わらない眠そうな声で、そう前置きをして。

「不破さんのことを、いいなーって三峰さんが羨ましそうにしてたから、一応、松川さん向けに立てた計画もあるみたいだよ。詳しくなにするかとかは、聞いてないけど」

なんと、ひな乃から悠愛への、思わぬ助け舟だった。

「いやいやいやいや」

知沙希が慌てて首を横に振った。

「それは、そういう妄想を考えてたってだけだろ。ぜったいロクなことじゃないし。てか私ら関係ないじゃん。今回はマリとアヤの一周年記念のイベントなんだからさ」

いつになく早口の知沙希に、悠愛が照れ笑いを見せる。

「えへへ。でも、あたしもできるなら、ちーちゃんと高校最後の思い出作りたいなー、って」

「だったら、卒業旅行とかさ。別に、高校生活だって、あと半年あるんだし」

風向きが変わりつつある中、あたしは迷った。

ここで知沙希を味方につければ、絢の思い出作りの押し売りを突っぱねることもできるかもしれない。

一周年記念だって、帰ってきてから改めて美味しいディナーでも予約して、ふたりでオシャレして食べに行けばいい。それがいちばん賢い選択肢だ。

だが……だが。

さんざん煽ってきた知沙希に、痛い目を見せてやりたい……！

あたしは最も愚かな選択をすることにした。

全力で拒否しようとする知沙希の肩に、手を置く。

「ちーちゃん♡」

「…………なんだよ、その顔」

「恋人の素敵なプレゼントだよ♡　せっかく考えてくれたんだから、受け取ってあげなよ♡」

「おま……」

唖然とする知沙希に、あたしはあざとい笑顔を作ったまま。

「あたしもちーちゃんが羨ましいな♡」

「待て、マリ！　いったん冷静になれよ！　どっちが得か、よく考えろ！」

慌てる知沙希に、あたしは半眼を向ける。

「なんか、ちさきをみちづれにできるんだったら、それもいいかなっておもってきた」

「なんでだよ！　私はやらないからな！」

自分が墓穴を掘ってることは、じゅうぶんわかってる。でも、知沙希がうろたえてるのを見るのが楽しくて、楽しくて……。ふふ、終わってる……。

「ね、ね、ちーちゃん、ね、ね」

悠愛が餌をねだる小鳥のように、知沙希の腕を引っ張ってせがむ。

断固、首を横に振る知沙希。往生際が悪い。

「嫌だよ。ぜったいに嫌だ。人前でとか、ぜったいに無理」

「じゃ、じゃあ、ふたりきりのときだけするから！　ね。ね！」

うふふ。上品に、口元に手を当てる。あたしは沼に腰まで浸かったような諦めた笑顔で、知沙希を手招きした。

「恋人の素敵なプレゼント♡　受け取ってあげなよ♡」

「嫌だ！」

世にも珍しい、知沙希の駄々こねシーンである。

絢に袖を引かれる。

「……鞠佳も、そんなにいやだった？」

恋人の上目遣いに、あたしは「あー」と間延びした声を出す。

先ほど、知沙希に向けたのと同じ種類の微笑みを浮かべた。

「そんなことないよ♡　ぜんぜんないよ♡　絢の思い出作り、すっごく楽しみ♡」

「ん……」

絢はあたしの言葉の裏をまったく読まずに、ぎゅっと小さく拳を握った。

「わかった。そんなにきたいしててくれたなんて……私、がんばるね」

火に油を注いじゃった。目の前で瞳に炎を燃やしてる子がいるのに、背筋が寒くなる。

いや、いいか……せっかく絢が準備してくれたんだし……。毒を食うならダイニングテーブルまで、だ。なにさせられるのかわかんないけど……。

ひな乃がひそかにピースサインをする。

「悠愛のために……ナイスアシストをしてしまった」

あたしはケンカするカップルを横目に、全力で『そうか？』と首を傾げたかった。ひな乃は、ただ火に油を注いだだけだと思う。

半ギレの知沙希が、悠愛の手を払いのけて怒鳴る。

「私はぜったいにやらないからな！」

そう宣言した1時間後。

あたしと、そして知沙希は、明るく、楽しい、いちゃいちゃらぶらぶ修学旅行に巻き込まれることになった。ネーミングセンス最悪すぎでしょまじで。頭が悪すぎる。

やたら楽しそうな絢と悠愛。暗い顔のあたしと知沙希。そして片棒を担(かつ)いでおきながら、のんびりと鞠佳班の面々の写真を撮ってるひな乃。

これも、後から振り返ってみれば、『ああ、青春だったなあ』という、素敵な思い出になるのだろうか。

いや、たぶんならないんじゃないかな……！

＊＊＊

二日目は、沖縄を北上しながらいくつかの観光地に寄って、最終的にいちばん大きくて有名な水族館へと向かうコースだ。

そのために、バス移動が多めの日となってる。

『人の迷惑になるような行為は、ＮＧだからね……！』

『わかってる』

『誰(だれ)かにバレるのありえないからね。例え、知沙希や悠愛であっても……！』

『だいじょうぶ』

バスに乗る前、さんざん言い聞かせてやったけど、絢はぐっと親指を立てて、大丈夫の念押しをしてきた。サムズアップとかしたことなかったじゃん今まで……。

ほんとにわかってるのか、こいつ。

沖縄の日差しは朝から容赦なく襲い掛かってくる。ＵＶケアを貫通しそうな紫外線の威力に、頭がくらくらしそうだ。

少し離れた席に座る絢を見やる。

今回の席順は、３人掛けの席だ。あたしの両隣には、知沙希とひな乃が座ってた。

単純に、せっかくの修学旅行だし、いろんな人と絡みたいから、いろんな席に座ろうぜ、という流れなのだが、さっきの今だと絢をガン避けしてるっぽく見える。

あたしは別にそんなんじゃないよ。知沙希は知らんけど……。

学校が借りた観光バスは、沖縄のなんにもない道をゆく。

バスは、カラオケ大会の最中だった。前のほうの席では、西田玲奈が気分良さそうに洋楽を歌ってる。しかもうまい。

あたしは小さくため息をついた。

最も愚かな選択をした後悔が、新宿の人混みのように押し寄せてきてる……。

まあ、それはもういいんだけど……。どうしても釈然としないのは、恋人に誤解されてしまってることだ。

まず、あたしがえっちだからこのプレゼントにした、っていうのはさ、それももういいよ。

百歩譲って、認めるよ。あたしがえっちだってことをね。

どうせあたしはえっちですよ。あんたがあたしをそういう女にしたんでしょうが！

だからといってね。今まで何億回も言ってきたけど（言ってないかもしれないけど誤差だ）、あたしは普通でじゅうぶんに幸せなんだよ。

普通の旅行でいいの。普通の修学旅行で、じゅうぶん楽しいの。毎日が退屈で、もっともっとと刺激を求めてさまようような、そんなアブない女子高生になんてなりたくないの。

ヘンタイみたいなことは、絢がしたがってるからさせてあげるだけで、学校でとか、トクベツなプレイだとか、そんなの別に望んでないんだよ！

心の中でそう叫んでると、あたしの中で論破を担当する部分が、『いや、でも』と余計なことを指摘してくる。

『ちょっと前だったらその意見も通ったかもしれないけど、でもこないだ、絢をバーの更衣室で押し倒したよね？』

こいつ、こいつっ！

唐突なレスバトルの勃発に、あたしは歯噛みする。相手は榊原鞠佳だ。手強い。

だが、ここでこいつをやり込めなければ、あたしは一生ヘンタイプレイが好きな女の烙印を刻まれてしまう。自分の心に。

いいよ、やってやるよ。かかってこいよ。

『ヘンタイプレイのなにが悪いの？　実際、好きだからいいでしょ』

言ってんじゃん！　恥ずかしいのは嫌だって！

『でも普段、喜んでるよね』

喜んでないってば！

いい？　あんたは、絢に洗脳されてるの。絢がことあるごとに、よろこんでるよね、よろこんでるでしょ、ってささやきかけてくるから、その気になってるだけ。

だいたい、普段のノーマルなえっちだってぜんぜんじゅうぶん喜んでるじゃん！　だったら、どっちがイイとかじゃないよね⁉　はい論破！

あたしは勝利を確信した。ふと顔をあげると、今度は夏海ちゃんが流行りのガールズポップをノリノリで歌ってた。夏海ちゃんはかわいいな。

……。

『でも、絢が喜ぶよ』

あたしは心の井戸の底から聞こえてきたその声に、石で蓋をした。聞こえない。

そうと決まったら、修学旅行を普通にめいっぱい楽しむだけだ。これが終わったら受験勉強が待ってる。

体育祭も文化祭も、三年生ではロクに参加もできないし。これが最後の自由だと思って。

『結局、絢が喜ぶから、その分あんたもいつもより嬉しいんでしょ。それが興奮するいちばんの要因じゃないの？』

聞こえない聞こえない。

マイクが徐々に後ろに回ってくる。よっしゃ。あたしもいっちょなんか歌っちゃおうかな。

こんな頭の中の声なんて、追い出して——。

『やばいよね。いつもはちゃんとお行儀のいい絢が、夢中になってあたしを求めてくれる感じ。だってあたしがお外でなにかされるときって、それつまり絢だってお外でしちゃってるわけでさ。そんな風に絢をおかしくできちゃうのはあたしだけだって思うと、めちゃくちゃ気分がよくなってきて、されるのもまあいっかって思えちゃうような——』

「うるさいなあ！」

あたしは頭を抱えて叫ぶ。マイクを握ってた悠愛が振り返ってきて「え⁉　うるさかった⁉」と驚いた。

「違う、悠愛じゃなくて！　ごめん歌ってて！」

平謝りした後、深くシートに座り込む。

今のがあたしの本音だとは認めたくなかったけど……完全にでまかせと否定することもできない……。だって、あたしの声だし……。

絢はあたしのためにしてると思ってて、あたしは絢のためにされてあげてるって思ってて、でもお互い、相手の痴態を見て、自分だけに見せる顔に興奮しちゃってて……。

やっぱり、終わってる。

こんな機会、二度とないのはわかってる。はめを外せるのも、未成年のうちだけだし。夏を過ぎたらもう卒業まで一直線。絢と過ごす高校三年生の夏は、二度と戻ってこない。

未来を見据えて生きるのもいいけど、それって今を楽しんでこそ。

だって、今の積み重ねが未来になるんだから。

……ぐぐぐぐぐ。

「ねえ、知沙希」

あたしは声をひそめて、隣の女に訴える。

「でもさ、やっぱり納得できないよね」

「あ？」

獰猛（どうもう）な笑みを向けられる。その目は子育て期のクマみたいにバチバチにキレてて、お前のせいだろうが、と物語ってた。いやいやいやいや。

あたしは思わず拝（おが）む。

「いやごめんて！　っていうかあれは先に知沙希が煽ってきたからでしょ！　お互い様！　はい、和解！」

睨（にら）まれる。ぐっ。耐えて見返すと、その視線がようやくちょっとだけ丸くなった。これで少しは話ができる。

「……で、なんだよ。今さらふたりで、やっぱやーめた、って言うのか?」

「じゃないけど。でも、どうせやるなら、楽しみたいよね」

あたしは知沙希に耳打ちする。

「あっちが無茶言ってきたんだから、こっちだって交換条件ぐらい出してもいいはずでしょ」

「……」

知沙希はどっかりと腕組みをする。

「なるほどな」

「でしょでしょ」

よし、これでようやく自分への言い訳もできた。

我ながら呆れる。……あたしってめんどくさいやつだな……。

絢があんなウキウキで提案してきた時点で、どうせあたしには選択肢なんてなかったんだ。

だってあそこでバッサリと断ったら、修学旅行の間ずっとしょんぼりしてる絢と一緒に沖縄を回ることになっちゃうんだからさ。

なんだかんだほだされて、絢に思い通りにされるまでがワンセットだったら、最初から思考停止して『うん、わかった♡　ぜんぶ絢の言うとおりにするね♡　いちゃいちゃらぶらぶ絢だいすき♡　ちゅっちゅしよ♡　ちゅっちゅ♡』ってデレデレで引き受ければ話が早いのに!

どうしてあたしには、それができないんだ!　あたしかわいくない!

なんだったら、『知沙希に痛い目を見せたくて』っていうのも、もしかしたら素直になれない言い訳だったんじゃないか……⁉　そんなんだったら知沙希を巻き込んじゃったあたしは、大罪人じゃん！

　頭を抱える。もう自分のことがわからない。

「ねえ、知沙希……」

「なんだよ。なんで今度は落ち込んでるんだよ」

「知沙希って悠愛のこと、好きだよね……。だったら、悠愛の望むことはやってあげたいって思う……？」

「限度があるだろ」

　きっぱりと言い切る知沙希。

「人間には、尊厳ってものがある。プライドもだ。ここまでやったら私は私じゃないって線引きが、私にはあるからな。私には」

「あたしにはないっての⁉」

「知らんけど。あるんだったら、迷いすぎじゃね？」

「…………」

　榊原鞠佳、論破される。

　玲奈にも勝ったあたしを論破した知沙希が北高で最強ってこと……？　いや、違う。今のあたしがクソザコなだけ……。愛はあたしを強くも弱くもするのだ。

そう、過程がうだうだしてるだけで、しょせんあたしは最終的に『うん、わかった♡　ぜんぶ絢の言うとおりにするね♡　いちゃいちゃらぶらぶ絢だいすき♡　かまってくれなきゃすねちゃうんだからね♡　ぷんぷん♡』の女だった……。

知沙希とはぜんぜん違う。あたしは尊厳よりもプライドよりも、絢が大事……。線引きも昔はあったはずなのに（学校でしちゃって、バーでもしちゃって）もはやない………。

ひな乃がパシャリとあたしの顔を撮った。

「うける」

「…………」

悠愛がマイクを振り上げた。

「次、誰か歌う人ー」

そのマイクを、あたしは後ろの座席から奪い取った。

こんなのもう、歌うっきゃない。

「榊原鞠佳、いきます！」

いつも歌うよりちょっとロックな曲をお願いして、あたしはストレス発散のために大きな声を出した。

ふと見やれば、絢が手拍子しながら楽しそうにあたしの歌を聞いてて。

その華やかな笑顔に、思わず『好き……！』の気持ちで満たされてしまいそうになり、あたしは心を鬼にして絢を睨みつけた。

今回はトクベツなんだからね！　あたしがいっつも絢の言うこと聞くと思ったら、大間違いなんだから！　ばか！


「ありえない！」

ぴた、と絢の動きが止まる。

思わずあたしの口から飛び出たその言葉は、セーフワードとして絢との間に取り決めてた言葉だった。どんなプレイの最中でも、あたしが『ありえない』と言えば、そのプレイは中断。

ようするに、本気で嫌がってるんだよ！　と主張するための言葉なんだけど。

じっと絢があたしを見上げる。あたしは「うっ」とのけぞりながら、顔を逸らした。

「い、いいよ、別に……」

「……でも」

さすがにセーフワードを聞いた絢の手は、重そうだ。

「いいの！　大丈夫だから！　今のは、口癖がつい出ちゃっただけ！」

「そっか」

あたしと絢は、トイレの個室にふたりで入ってた。

本気で、ありえない。心の中では何度言ってもＯＫなので、あたしは呪文のように唱え続けた。ありえないありえないありえないありえない……。

「その代わり、夜は覚悟してなさいよね……」

「……。上等」

あたしがさっき閃いた交換条件。

『昼間は絢の言うとおりにしてあげるので、夜はこっちの言うことを聞け』である。

つまり、絢が普段から嫌がってる、攻守の逆転。あたしが絢を思う存分責めてやるからね、というその意思表示。

もちろん、絢は善意であたしたちの一周年記念を祝うためにやってるので、交換条件を持ち出されることは不服だろう。

それに対するあたしの答えは、そんなの知ったこっちゃない、である。

一応、建前としても『絢があたしを喜ばせるためにやってくれたんだったら、あたしも絢を喜ばせてあげるね♡』で、筋は通ってる。

やられたことはやり返すのだ。それがあたしの尊厳であり、プライド……！　よかった、ちゃんとまだ残ってた。尊厳＆プライド。

と、威勢のいいことを考えて己を奮い立たせてはいるものの………。

絢が手に持ったそれをアルコールティッシュで拭いた後に、ぺろりと舌で舐める。

「いちおう、濡らしておくからね。ほんとは、ローションを持ってくるのがいちばんよかったんだけど」

「いいから、さっさとやって……」

催促してるってわけじゃ、断じてないからね。

団体行動の最中、ふたりでトイレに長時間入ってるのも不自然だし。様子を見に来られて、同じ個室にいるところがバレたら不自然なんてもんじゃないので。

「ん。もう、いいかな」

「………」

便座に座ったあたしが、軽く片足を持ちあげる。絢はするするとあたしのショーツを脱がした。恥ずかしい……。だけど、態度を顔に出してなんてやらない。絢のポーカーフェイスを完コピするんだ……。

絢はクロッチ部分、肌に触れる方にエメラルドブルーの物体を置いた。付属品のマグネットで布を挟み込み、物体を固定する。

「じゃあ、ちょっと位置を調整するから、また履いてみてね」

「ん……」

なにかを言うのも気まずくて、されるがまま。

ショーツを履き直す。股の間にシリコンの感触。肌に張りつくような素材だからか、不快感はほとんどないけど……。

絢がさらに位置を微調整し、これで完成らしい。立ち上がって体を上下に揺らしてみても、磁力で固定された物体はまったくズレなさそう。

「……おしまい？」

「うん、おっけ。それじゃあね——」

絢がスマホのアプリを起動した。

その直後。

「んっ……」

ぴりぴりとした振動が、あたしの下半身からじんわりと広がってゆく。

ちょうど快楽神経の集中した場所にハマったその物体が、ぷるぷると震えて、機械的なきもちよさを押しつけてきた。

「こ、これ……」

思わず壁に手をついてしまう。腹痛を我慢してるときみたいに、不自然な内股になってしまい、あたしは眉根（まゆね）を寄せた。

「念のために、音が響かないかどうか、ちょっと確認してみるね」

「えっ、それって……っ!?」

伝わる振動がどんどんと大きくなっていって、あたしは口元を押さえた。

なにこれ、なにこれ。ぜんぜん、やばいんだけど。

音がするかどうかなんて、気にしてる余裕ない。便座に座って唇を噛みしめて耐えてると、すぐに振動の波が引いてった。

「はぁ、はぁ……」

一瞬で、心拍数が急上昇した気がする。汗かいちゃった……。

絢はにこりと笑う。

「うん、野外なら音は大丈夫そう。安心していいよ、鞠佳」

「絢、ほんきで……？」

あたしがまだ往生際悪い態度でいると、絢は手元のスマホを操作した。

「ちょっ、そ、それで返事しないでよっ。わかったからっ」

ぶるぶるぶると、絢の指の腹とも、舌とも違う刺激に、あたしは躾けられる。

またスイッチをオフにした絢は、清楚に微笑む。

「すごいよね、最近のリモコンローターは、ブルートゥースでも操作できるんだから。これ、30メートル離れてても届くんだって」

「し、知らないけどっ」

そう。

絢の修学旅行二日目で、あたしにやりたかったこと。

それは、リモコンローターを装着させたままの、沖縄観光だった。

ネットのアダルトショップを見たとき、こんなの誰が使うんだって思ってたけど……そうか、絢みたいなやつが使うんだ……。

ドン引きしながらうめく。

「発想がヘンタイすぎるぅ……」

線引きのなくなったあたしでもわかる。

これは一線どころか二線も三線も越えてる行為だって……。

「でも、東京でやったら怒るでしょ」

「どこでやったって怒るっての、こんなの！」

絢がペットに鞭を見せつけるみたいに、ゆっくりとスマホを持ち上げる。

「うっ……」

反射的に言葉を飲み込んだあたしを見て、絢が恍惚(こうこつ)のため息をついた。

「やばい。たのしい。最高」

「それ、最悪のセリフだからねあんた！　っていうか付き合って一周年のお祝いにこんなこと計画するって、なんなの⁉　お祝いって言葉を辞書で調べてきなさいよ！」

「一生忘れられない思い出を、プレゼントしたくて」

「ブン殴るぞぉ！」

拳を固めて振りかざすも。

「ふふふっ」

クリスマスにずっとほしがってたお人形をもらった女の子のように、絢が微笑む。

ぐっ……。その笑顔を見れば、リモコンローターをショーツに取り付けられたあたしも、あ、やってよかったなって………。

思えるわけないでしょうが！！

あたしと絢は集合場所に戻り、鞠佳班に合流した。

この後のプログラムは、琉球文化体験だ。各班それぞれが事前に申請した課外授業に挑み、沖縄の文化をしっかりと見聞しよう！　という体の、ようするにワークショップ。

終わった後にお昼食べながらレポート書かなきゃいけないのがダルいけど、それ以外はまあまあ遊びみたいなもので。

うちの班は、多数決でガラス絵付け体験に決まった。あたしは三線(さんしん)楽器体験も捨てがたかったんだけど、絢がとても楽器を嫌そうにしてたので、同情票を入れてあげた。

絢ってちゃんと歌もうまいくせに、なぜだかやたらと音楽関係を苦手にしてるんだよね。恥ずかしいらしい。まあ、あたしはどっちでもよかった。

やる前は、きっと楽しいだろうなって思ってたんだけどなあ……！

ワークショップが始まって、あたしたち鞠佳班は年配の女性の講師さんに教わりながら、ガラスコップやら写真立てやらに、筆で絵の具を塗りたくってゆく。

実際、その作業はたぶん楽しかったんだけど……。

今のあたしは、まるで絢に心臓を摑(つか)まれてるようだ。

絢がスマホをいじるたびに、いったいいつスイッチを入れられるのかと、びくっと過敏に反応して、身構えてしまう。

そんなだから、気を紛らわそうと一層作業に集中して、気づけば。

「お、まりか、なかなかやるじゃん！」

「ハッ……完成してる」

人間の現実逃避力というのは、なかなかすごいものらしい。

「マリ、美術もけっこううまいもんな」

「いや、まあ、毎日自分の顔面に絵を描いてるからね」

「それ関係あるか？　……あれ、でも」

知沙希が首を傾げた。

「なんか、ハ、ー、ト、マ、ー、ク多くない？」

「――」

あたしは！　無心に！　作業してただけなのに！

透明な琉球グラスはまるでカップルの使うペアマグカップかってぐらいに、あちこちハートだらけだった。これはこれでかわいいかもしれないけども……！　けども！

「いやあ最近ハートモチーフにハマっててさ！！　こういうのもいいよね！！」

「いや急に声でかいな。どうした」

「どうもしてませんけどねえ⁉」

知沙希が「うるさ」と眉をひそめる。あたしは完成したばかりの、世界に一つだけのグラスを床に叩きつけてやりたくなった。

いや、ショーツの中にあんなの入れられてさ。なにしてても絢を意識させられて、そこまではまだいいよ。でもそれであたしがグラスにハートマークばっかり描いてたら、それはもうだめでしょ。あたしが全力で嫌がってるっていうその大前提が崩壊するでしょ。

悠愛はいちいち「これどうー？」と知沙希に意見を求めて、楽しそうにしてる。

ひな乃は黙々とビンに色を付けては「うますぎる。これはぜったいお店に飾ろう」となにやら自画自賛をしてて……。

そして絢は、絢は……。

あたしと目が合う。絢はニコニコしてた。

「鞠佳、顔赤いけど、どうかした？」

「…………」

間違えた。あたしのグラスを叩きつけるなら、それは床じゃなくて、絢の頭にだった。

「なんでもありませんけど？　沖縄の気候があっついからですかね？」

「そっかそっか。じゃあ、暑いから鞠佳の顔が赤いんだね」

「そりゃそうですよ当たり前ですよていうか他になにか？」

「ううん、べつに？　きいてみただけだよ。どうしたの、そんなに機嫌悪そうにして」

そりゃあんたのせいでしょうが！　と。

絵の具で絢の顔面に大きくバッテンでもつけてやろうかと思ったところで、絢が筆を置いて、スマホを手にした。

うっ…………！

絢に仕掛けられた爆弾の在処（ありか）を強く意識して、鼓動が跳ね上がる。

こんなところで。やだからね、絢……⁉

さっきまでトラのつもりだったあたしは今、爪（つめ）も牙もない愛玩動物で、ただ絢の慈悲を期待してその目を見つめることしかできず……。

すると絢は、唇だけで笑みを作って、そっとスマホを置く。

くぅ……。

「ちょっとー、いきなりなにケンカしてるのふたりともー」

悠愛が鬱陶（うっとう）しそうに声をかけてきて、あたしはなにも反応できなかったんだけど――。

絢が、別人みたいに綺麗な笑顔で取り繕う。

「ううん、ケンカなんてしてないよ。ね、鞠佳」

「……う、うん」

「暑くて、ちょっとイライラしちゃっただけだよね。ね？」

「あはは……。ご、ごめんね、悠愛」

あたしはばかみたいに笑って、その場をごまかした。

まだ実際はなにもされてないし、スイッチだって一度も入れられてないのに……絢に、逆らえない……！

あたしの感情よりももっと深い場所にあるものが、絢に屈服しちゃってるみたいだった。

妙に気まずい雰囲気が漂ったのか（あたしにはもう察知する余裕がないんだけど）悠愛が、慌てたように声をあげる。

「あ、えっと、別にそんな本気でウザって思ってたわけじゃなくて！　ええと、ええと、そうだあややってさ、きょうはまりかになにするつもりなの⁉」

話を変えたつもりで、悠愛がクリティカルな話題に足を突っ込んできた。

「お、おい！」

知沙希がここでそんな話するなよと悠愛をたしなめるが、一方のひな乃は目を輝かせる。

「ほほう、あたしも気になる」

どくん、どくん、と。心臓の音が聞こえてくる。

まさかとは思うけど……言わないよね？　絢。だってあたしちゃんと念押ししたもんね。他の人にバレるのはいやだ、って……。

ショーツの中のローターがうごめいた気がした。ファントムバイブレーション症候群だ。

周囲の視線を浴びて、絢は少し考えた後で。

もったいぶるようにして、唇に人差し指を当てて、笑った。

「ひみつ」

……。すっごくほっとしたけど、でも、それだけで絢に感謝したりしないからね。

だってこんなの、絢のマッチポンプだってわかってるんだからね！

＊＊＊

ガラスアート体験会が終わり、みんなのガラス細工は後日、学校に届けてもらえることになった。割ってくれても構わないのにな。あんな浮ついたピンクハートのグラス……。

昼食には、沖縄名物のソーキそばが出て、さすがにテンションあがる一幕があったりしたものの……。

バス移動を挟んで、本日の目玉スポットにやってきた。

公園の中に、大きな水族館と植物園が建ってる。琉球博物公園だ。

特に、日本最大規模を誇る備瀬崎水族館は、あたしも楽しみにしてた場所で……。まさか、絢にこんな状態にされて来ることになるとは思わなかったよ。一生思い出に残る経験だね♡　ぶっ殺すぞ。

琉球博物公園内は自由行動だ。きょうのスケジュールもここで終わりなので、たっぷりと時間が確保されてる。

まあ自由行動といってもさすがに、班ごとに行動するようにって言われてるけども。

バスを降りてから人数分のチケットを受け取り、みんなに配ったところで、デジカメを提げたひな乃が軽く片手をあげた。

「それじゃ」

「ひな乃？」

こちらの声も気にせず、ひな乃は植物園のほうに歩いていった。

最初から班行動する気ゼロじゃん！　自由なやつ……。

どーする？　と目で問うと、悠愛も元気よく手をあげた。

「いいじゃん、ここは別行動で！　じゃ、また後でね！　まりか、あやや！」

「……なんとなく、こうなるんじゃないかって思ったよ」

今度は悠愛が、知沙希の手を引っ張って、備瀬崎水族館へと向かってゆく。

あたしと絢が、残される。

推奨された班行動は崩壊し、鞠佳班はあっという間にバラバラになってしまった。いや、いいんだけどね。

「じゃあ、あたしたちも行こっか」

「うん」

おっと。自然と手を繋（つな）ぎそうになった。焦（あせ）る。

絢が恋人ってことは知れ渡ってるけど、でもベタベタしてるところをクラスメイトに見られるのは、また別の話。

いや、でも、あからさまに手を引っ込めてしまったため、絢が嫌な気分になったかも……と表情を窺（うかが）うと。

「いいよべつに。鞠佳といっしょなら、楽しいから」

あたしの言葉を察した絢が、ふるふると首を振る。

「う、なんかごめんね」

「ううん、それに」

直後、下半身がぴりっとした。

ちょっ……。立ち止まる。思わず絢の腕を支えにする。

急にやってきた淡い痺（しび）れは、クラスメイトの前でする恋人繋ぎよりもよっぽど刺激的に、あたしの目を白黒させた。

すぐにスイッチが切れる。

「い、いきなり！」

「手よりももっと深いもので、私たちはつながれてるもんね。そう、愛情とかで」

人前で叫ぶわけにはいかない言葉の代わりに、スマホに文字を入力して、絢に突きつける。

『リモコンローターだろぉ！』

絢はふふと楽しそうに笑った。なにわろてんの……！

「ほらほら、いこいこ」

恋人とビーチで追いかけっこをしてるような笑顔で、絢があたしを急かす。

ちょいちょいと手招きされて、その後についていこうと歩き出したところで、また一瞬だけスイッチが入った。

「ああもう！」

足が痺れたみたいに、ぎくしゃくと歩みが止まる。

「さっきまでは、大人しくしてたくせに！」

「だって、他のひとを巻き込みたくないって言ってたから。講師のひとだっていたし」

ガラス絵付け体験ではちゃんと配慮してあげたんだよ？　という言外の声が聞こえてくる。

ええい、恩着せがましい！

浮かれた絢が、かわいらしくウィンク。

「鞠佳が退屈そうだったら、私が楽しませてあげるからね」

「脅しじゃん⁉」

こ、こいつ……。

一応、慎重に聞いてみる。

「……つまり、あたしがずっと楽しそうにしてたら、絢は手出ししてこないってこと？」

んー、と絢はスマホを顎下に当てて。

「そうしたら、もっと楽しませてあげたくなるかも」

「ああ言えばこう言う……！」

どうやらきょういちばんの目玉スポットは、修学旅行でも屈指の難所になりそうだった。ふつうは修学旅行に難所とかないんだよなあ！

備瀬崎水族館は、沖縄の観光名所として知られる水族館だ。

さすが評判だけあって、めちゃめちゃ大きい。

入口入ってすぐに巨大な水槽がお出迎え。そこには、たくさんの熱帯魚が悠然と泳いでた。

薄暗い館内で立ち止まり、あたしは水槽に顔を近づける。

「おおー……。ほらほら、絢、きれいだよ」

他の修学旅行生たちを先に行かせるために、あたしはここでちょっと時間を潰(つぶ)してから館内を回るつもりだった。せめて北高生にだけは見られないように、という防御策だ。意味あるのかわかんないけども……。

絢もあたしの隣に並んで、水槽に指を当てる。

ガラスに反射したその横顔があまりにも綺麗で、ドキッとしてしまう。

黙ってると絢は、ほんとに顔がいい……。とても中身がドヘンタイとは思えない……。顔立ちの美しさも去ることながら、目を離した途端に水槽の向こう側にいってしまいそうな儚(はかな)げな雰囲気が、あたしの視線を釘付(くぎづ)けにする。

でも、中身が……中身が、あれなのに……。この子の美貌は、なんなんだ。どれだけ神様に愛されたら、こんな美少女が生まれるんだ。

「あ、あたし、なんかお魚好きなんだよね」

絢から視線を外すために、半ばムリヤリ意識を魚に向ける。

「そうなんだ。どういうところが？」

「えー。なんか、すごくない？　形状とか。犬とか猫とかとぜんぜん違う形してるし、海の中で生活できるんだよ。やばない？　魚。あと、美味しいし」

「おいしいのは、同意だけど」

絢が笑った。

「好きって話の後に、すぐ食べる話になるの、なんかへんじゃないかな」

「そんなことないよ。絢は？　お魚好き？」

「んー……好きとか嫌いとかで考えたことないかも」

「目の前にこんなにいるのに。そんなこと言ったら、お魚が傷つくよ」

「大丈夫だよ。こんな目立つところにある水槽の子なんだから、正真正銘のプロだって。傷つくナイーブな心なんて、もうどこかにいっちゃったよ」

「そうか……。大変だな、お仕事って……」

くだらないことを言い合ってる間に、人口密度が薄まってきた。これで自分たちのペースでゆっくりと館内を歩けるかな……と思ったんだけど。

「うっ」

「なに？」

「いや……」

周囲に人がいなくなったということは、ここぞとばかりにスイッチを入れられるんじゃないか、と……。

絢にそんなそぶりはなかった。振り返ってきた視線には、まだ色気の欠片(かけら)もない。警戒しながら言う。

「チャンス！　って思われるかな、って……」

「お魚を見てるんじゃないの？」

「いや、そうだけど」

絢が小さくため息をついた。なに。

「あのね、鞠佳。初めての水族館で、鞠佳がちゃんと水槽を見てるのに、じゃましたりしないよ。私は鞠佳の思い出をだいじにしたいんだから。プレイはプレイ、見学は見学。わきまえなくっちゃだめだよ」

「だったら今すぐこれ外せよぉ！」

なに常識人ぶった顔で言ってるんだよ！

絢はなにも動じず、息を切らすあたしを見返す。

「それで、みおわった？」

「終わった終わった！　次の水槽いくよ！」

「おっけ」

その途端、絢がスイッチを入れてきた。

ひゃ……！

つんのめりそうになる。

「あっ、ちょ、ちょっとと っ」

微弱な振動ひとつで、身体のコントロールがうまくいかなくなる。確かにこれじゃあ、ゆっくり水族館を楽しむことなんて、できない。

「次に行くまでね」

「なんなのっ、もうっ」

前かがみになるあたしの手を摑んで、絢が引っ張る。ううう……こすれる……。

次の水槽の前まで来たところで、絢がスイッチを切った。スイッチを入れるのは、水槽から水槽までのわずかな通路の間だけのようだ。

ウツボの水槽前で一休み。あたしは荒い息を鎮める。

「……これはこれで、ゆっくり水槽見てる時間ないんだけど」

文句を言うと、絢は微笑する。

「だいじょうぶ。急かさないから、鞠佳のペースで見るといいよ」

「この、ドSド外道ドヘンタイ女ぁ……！」

「ふふ。なんか鞠佳に罵られるの、ひさびさだね」

「なんで嬉しそうにしてんのよなんで！」

ほんっとに！　夜になったら覚えてなさいよ！

絢がいちばん恥ずかしいことしてやるんだからね！

心の中で叫んでみるけど、現実のほうのあたしはキャンキャン吠えるだけの負け犬みたい。

「こんな気分で、ゆっくり水槽なんて見れるわけないでしょ……！」

絢が楽しそうに目を細める。

「だったら今、水槽は見てないってこと？」

「え？　いや――」

また振動が来た。しかも今度は、さっきより強い。

絢にされてるときみたいに、目の裏がチカチカする。意識が引っ張られて、水槽に手をついてしまう。びくんと腰が跳ねた。目をつむって、耐える。

「絢……だめっ……」

ぜんぜんやめてくれない。

振動は強く、どんどん強くなってゆく。

それはやがて、普段から絢がしてくれるぐらいの刺激を通り過ぎて、さらに強くなり……。

そして、一度通り過ぎたはずが引き返してきて、ものすごくいいところでとどまった。

「なんっ、でっ」

意味がわからない。なんで、なんでわかるの。

きっと、あたしの反応を見てるんだ。絢にしかわからないあたしのサインがあって、絶対音感をもつ人がサイレンの音階を言い当てるように、ちょうどいい振動に合わせてみせたんだ。

「だめ、だめだから、絢……ほんと、だめだから……っ」

立っていられなくなりそうで、脚ががくがくと震え出す。

このままだと、お外なのに、おかしくなっちゃう……！

振動が止まった。

絢の手のひらが頬に添えられる。上を向かされる。目が合った。

強く目をつむりすぎて涙目になってしまったあたしを見て、絢が悩まし気に眉根を寄せた。

「……きもちよかった？　鞠佳」

「そんな、わけ……」

「ほんとに？」

あっ、と制止する間もなかった。横に並ぶ絢が、体で壁を作りながら手を伸ばしてきたのだ。

あたしの、スカートの中に。

表面を撫でられただけだった。だけど、だけど……。

触れれば一目瞭然、というやつだった。

「ぬれてるよね、鞠佳」

「………ち、ちがう」

反射的に首を横に振る。それは実質、なにも言ってないのと同じだ。

「そんなにいいんだ？　このオモチャ。人前でされるのがいいの？　それとも……」

絢が耳元に顔を近づけてきて、笑う。

「人前でも、私にされたら、こうなっちゃう？」

「……っ」

絢がスカートの中の内ももを指で撫でてくる。それだけで、さっきの振動と同じぐらいに、あたしの身体が震えた。スニーカーの中で、足の指にきゅっと力が入る。

じれったい快楽とともに、心の扉すらも徐々にこじ開けられてゆくような気分だった。

あとどれくらい触れられたら、喋っちゃいけないことまで、喋っちゃうんだろうか。わからない。あたしは、あたし自身をぜんぜん信用できなかった。

「鞠佳、かわいいね」

魚の鳴くような声（鳴かないけども）で、うめく。

「……うっさい……」

後ろを誰かが通り過ぎてゆく。水槽に手を突いて身体(からだ)を支えるあたしは、まだギリ不審者には見えないはず……だ。

「だいすきだよ、鞠佳」

「…………やだってば……」

ここが修学旅行中の水族館じゃなくて、ふたりっきりのホテルだったら、あたしは今すぐにだって絢に抱きつくだろう。

きっとそれぐらい、あたしの身体は熱くなってる。

絢はぜんぶわかっててやってるのだ。

「絢、せいかくわるい……」

思いっきり作ってやった半眼で睨むものの、すっかり火照（ほて）った今のあたしじゃ効果は半減どころじゃない。

スマホを揺らして、むしろあたしを挑発する絢。

「そうだよ、ごめんね。私が性格悪いから、鞠佳は素直にきもちよくなりたいのに、ぜんぜんきもちよくなれなくて、苦しいんだもんね。じらしちゃってごめんね、鞠佳」

「そういうことじゃ、なくて……」

だんだん、自分がなんで絢に怒ってるのかが、わからなくなっていく。

視界がとろんとして、周りの喧噪が耳に入らなくなる。絢の言葉だけが、ぜんぶの真実みたいに聞こえてくる。

「さ、鞠佳。次の水槽、見に行こっか。歩ける？　支えてあげる？」

「いい、だいじょうぶ……」

絢の手を払いのけて、あたしはムリしてでもまっすぐに立つ。

するとまた、絢がスイッチを入れた。うっ、くっ……。今度の刺激は微弱。頭の中のあたしが、ぶるぶるぶるぶる……と振動音を読みあげる。

両脚を動かすたびに異物がショーツの中で肌にこすれる感覚が増して、それだけでも無責任に反応してしまいそうになるけど。

こんなのもう、絢からの挑戦状みたいなものだ。

あたしはぜったいに、自分から求めたりしない。

負けたくない。なにに？　って聞かれたら、そりゃ絢とか、自分自身とか……。なにに意地張ってるのかも、よくわからない。

這うようにして歩き、次の水槽へ。スイッチが切れる。

「きれいだね。ここは沖縄の海を再現してるのかな？」

「…………かもね」

あたしが猛犬みたいにうなると、絢は小首を傾げる。

「あれ、鞠佳。あんまり水族館、楽しくない？」

「そんなことはありませんけど！　あたしが退屈しないように気を配ってくださって、ありがとうございますねえ！」

「いいんだよ。私も楽しくてやってることだから」

「そりゃそうだろうよ！」

今すぐ絢の頬を摑んで、引っ張り回してやりたい。そうすればその美しい澄まし顔も、ちょっとはあたし好みの無様さを見せてくれるだろうに。

「他の北高生は、もうほとんど先にいっちゃったみたいだよ。よかったね」

「……よかったって、なにが？」

「ふたりでゆっくり水槽を見て回れるでしょ」

白々しい……。

むしろ人がいれば、絢は『周りにバレないように』というあたしとの約束を守るため、自由にスイッチを入れることができなくなるのに。

今から走ってみんなに追いつくか？　それでもしショーツの中のモノが落ちちゃったら、どうしようもなくなるし……そもそも、大きく脚を動かすのだって今はきつい……。

「さ、それじゃ次の水槽だね。ほらみて、クラゲがいっぱいのゾーンだって」

「んぅ…………」

結局あたしはこのまま水族館で、牙と角と羽を生やした楽しそうな悪魔、絢に弄ばれ続ける運命……。

と、悲観に暮れてたところで。

絢がスマホを見て、「あ」と声をあげた。

「ごめん、鞠佳。バスに充電器おきっぱなしだったから、取ってくるね。ここで待ってて」

「え？」

ぼーっとしてて、すぐに反応することができなかった。

「えっ、まっ」

待って、と言い終わる前に、絢はさっさといなくなってしまった。

問題は、今が移動中だったこと。

つまり、あたしのショーツの中で、今も絢の置き土産がしっかりと震えて、その存在を主張し続けてる——ということ。

「うそでしょ……」

事態を飲み込むと同時に、血の気が引くような感覚があたしを襲った。

だって、こんなの……。え、むり、むりむり……。

「ちょっ、やっ」

思わず上からスカートを押さえてしまいそうになる。

振動が一層強くなった。絢が通信圏内の30メートル外に行ったことで、コントロールが効かなくなったのだろうか。え、なにそれ、やばい。

「むり……」

と、とりあえず、絢が帰ってくるまで、なんとかやり過ごさないと……。

あたしは通路の端に寄って、壁伝いに人気の少ないゾーンへと避難する。

幸いにも、水族館は空調の音が満ちてて、振動音は外には漏(も)れてないはずだ。

はずなんだけど……。あたしにとって、それが主張する音は、痛いほどに響いてる。

骨伝導(こつでんどう)ってやつ……？

青い光が瞬く薄暗い水族館で、すれ違う生徒や一般観光客の人が、みんなあたしのことを見てるような気がする。

やばい、やばいやばいやばい……。

誰かに問い詰められたら、言い訳ができない。そんなことあるはずないのに、あたしは不審人物として警備員に声をかけられる想像で頭がいっぱいだった。

そんなの、ぜったいだめ……。

カミングアウトなんてレベルじゃない。大炎上だ。

暗がりにいって、なんとか壁に手をつく。絢に現在地を送信。絢が戻ってくるまでガマン。大丈夫。ガマンできる、きっと……。きもちいいのだめ、ガマン、ガマン……。

なにか違うことを考えて気を逸らそう。

絢のこと……は、だめだ。逆効果になる。

そうだ、みんなに買っていくお土産。お土産は、最終日の国際通りでまとめて買うつもりだけど、今のうちからリストアップしておこうか。お母さんには定番のお菓子で、おばさんはなんか面白そうなグッズを買ってきてほしいと言われた。無茶ぶりだ。

他には、バイト先にも買っていこう。ファミレスと、あとバーに。バーのみんなにはなにがいいかな。なにをあげてもめんどくさそうだな。だったらもういっそ、ジョークグッズ系を。国際通りにはドンキもあるみたいだし……。ええと、ええと、うぅん……。うっ、あぁ……。

うぅ……こう、ろ、ローターとか……？

だめだ。なにを考えても最終的に……下半身の刺激に引っ張られちゃう……。

ううう、もうやだ。早く戻ってきてよ、絢……。

じゃないとあたし……あたし、もう……。

「——ねえ、ちょっと大丈夫？」

心臓が飛び跳ねた。

壁に体を預けてたからだろう。具合が悪いと勘違いされて、話しかけられてしまった。

うわ……。

「いや、これは、あの」

弁明しようと振り返る。そこにいたのは——西田玲奈だった。

ひぃぃぃぃぃ……！

あたしはサバンナでティラノサウルスに遭ったときよりも、絶望的な気持ちになった。

「鞠佳……？　なにしてんの、そんな隅っこで」

「ちょ、ちょっと人を待ってて……。き、気にしないでいいから！」

こんなヘンタイプレイしてることが、玲奈にバレたら……お、おしまいすぎる……！

口封じに玲奈を殺して絢と一緒に死体を埋めなきゃいけなくなっちゃうじゃん！

「……？　なんか、様子ヘンじゃない？　まじで具合悪いとか」

「い、いいから！　近づかないで！」

強く拒絶してしまったせいで、玲奈は逆に怪しんできた。

「はぁ？　そんなこと言ってる場合？　玲奈さんのことが気に食わないのはわかるけど、体調崩してまでやることじゃないでしょー」

不機嫌をにじませて迫ってくる玲奈。

ま、まってまって！　こんなときだけイイヤツぶるんじゃないって！

やだやだ、ほんとにやばいんだって！

絶体絶命だ。詰め寄られたら、振動音でバレちゃう！

だめだめ、ありえない――！

あたしは両手を前に突き出す。

「…………いで……」

「え？」

真っ赤な顔、据わった目であたしはなりふり構わず玲奈に訴えた。

「だ、誰も、あたしに近づけさせないで！」

「はあ？　なに言って――」

「あたしの学校生活の平穏を守ってくれるんでしょ⁉」

玲奈が怯む。

「それは、そー言ったけど……」

「だったら、今がそのときだから！　お願い！　ね⁉」

学校で見せたこともないようなあたしの必死さに、玲奈はなにか一大事が起きてるというのは理解してくれたようだ。

「なんなの、ほんっとに……」

「いいから！」

半ギレになりながら、玲奈はあたしに背を向ける。

「あーもう！　ワケわかんなすぎ！　ちょっとだけだかんね⁉」

た、助かった……！

あたしとの協定を結んだ玲奈は番犬となって、暗がりに誰ひとり近づかないように立ちはだかってくれた。

こ、これはさすがに心強い。

よかった……おかげであたしも、ようやく人の目を気にせず快感に集中することが……。

いや！　そうじゃなくて！

でも……絢を待つだけで、他にやることもないし…………。

壁にもたれかかって、あたしは両手で口元を押さえた。

うう……玲奈に見張らせて、なにやってんだろ、あたし……。

刺激が理性を食べ尽くすかのように、下半身を襲ってくる。

はぁ、はぁ……。やばい。これ、どんどんきもちよくなってきちゃって……。こんなところできもちよくなっちゃうの、だめなのに……。だめ、なのにぃ……

でも、悪いのはあたしじゃないし……。どう考えても、こんなところにあたしを放置した絢が悪い……。そうだ、あたしは被害者なんだ。

だいたい、ローターなんて女の子をきもちよくするために、めちゃくちゃいっぱい考えて作られてるんだから、そんなのきもちよくなるに決まってるんだよ……。あたしが特別えっちだからこんなことになってるわけじゃないはずで……。

だったらもう、抗うだけ、ムダだから——。

気を緩めた次の瞬間。

「……っ！」

あたしは身体を震わせた。

ずっと、限界が近かったんだと思う。心の分厚い制服を脱いだ、ただそれだけで、甘く達してしまった。

やっちゃった……。

うう、こんな、お外で……。

諦めたとはいえ、罪悪感がじんわりと背筋を伝う。

大丈夫、ちょっと離れたところにいる玲奈には、気づかれてない。あたしは少しホッとしてから、ハンカチで体の汗を拭おうとして。

気づく。振動は止まってない。

いや……え?

そりゃそうだ。昂ったらおしまい、なんて人間同士の気配りであって……。

ローターは無慈悲にあたしを責め続けてる。

ちょ、ちょっと待って、待って待って……!

こ、こんなの……。あたし、また……っ。

ううう……。大きな震えはなくなった代わりに、脚が小刻みに震えてゆく。

やっ、また……。い…………っ。

うわ、こんなに簡単に……。

これ、ひょっとして……達するまでの間隔が、どんどんと短くなってゆくんじゃ……。

青ざめる。

……このまま絢が戻ってこなかったら、あたし、どうなっちゃうの……。

上りつめたまま、ずっと降りてこられなくて、一生きもちよくなっちゃって……。床とか汚して、そのまま意識を失っちゃったり……!?

やだやだ、むり、ありえないって!

お願い、絢、早く帰ってきてよ、絢――。

じゃないと、また、きもちよく、なっちゃう……っ……！

音が遠ざかってゆく。光が瞬く前に、言い争う声がした。

「だからぁ！　誰も通すなってー、言われてんの！　回り道してくんない⁉」

「でも、鞠佳がここにいるって――」

ああ、絢の声がする。

絢のことを考えすぎたあたしの幻聴だろうか――なんて、ぼんやりと思ってたら。

……あ、そういや玲奈に通せんぼしてもらってたんだっけ。

あたしはめいっぱい息を吸い込んで、告げる。

「玲奈、もういいから……！」

「えぇ⁉」

玲奈の横を抜けて、たったかと絢が駆け寄ってきた。

あたしを正面から抱きしめる。

「鞠佳」

「うう、絢ぁ……」

絢の匂(にお)いを吸い込んだその直後、あたしはまた軽く達する。ぶるぶると震えるあたしの身体に気づいた絢が、目を丸くした。

「わぁ……」

それから、耳元に顔を近づけてきて。

「すごい顔になっちゃってるよ、鞠佳」

「だれのせいだと、おもってんのよぉ…………」

ろれつも回ってないし……。

「うん、ごめんね。よしよし、がんばったね」

絢がスマホを操作すると、ようやくあたしの下半身を襲う振動が止んだ。今までそこにあったものが突然なくなると、土砂降りの嵐が過ぎ去ったような気分になった。

絢はあたしの前の前にひざまずく。ハンカチで、スカートの中を拭う。

「すごい……。こんなに、たれちゃってる」

……うう、恥ずかしすぎ……。

「ふふふ、そんなにきもちよかった？」

「ばか……」

こつんと絢の額に、あたしの額を合わせる。しがみついてないと、今すぐにでもへたり込んでしまいそうだった。

まだ脚、がくがくしてる……。

絢はあたしの頬を撫でて、気分良さそうに笑う。

「でも、快感に耐えてる鞠佳、とってもかわいかった」

「ばーかぁ……」

甘えるように唇を尖(とが)らせてから、ふと違和感を覚えた。

ん……？

今の絢の言葉って。

「……ひょっとして絢、どこかからあたしのこと……見てた、とか？」

絢は感極まったようなため息をついた。

「うん、もちろんずっと見てたよ。私に『早く来て、早く来て』って心から祈ってる姿、かわいくて、いとおしくて、もう……さいっこうだった……」

心の底から嬉しそうにする絢を見て。

あたしも、絢が嬉しくてなによりだな、と――。

「思えるかぁ！」

ゴツンと絢の頭に、頭突きを食らわす。絢が「いたっ！」と叫ぶ。文字通り、一発食らわせてやった。あたしも痛いんだけど！

お互い額を押さえてうずくまってたところで、しびれを切らしたように玲奈が顔を出した。

「玲奈さんに見張りさせて、なーにやってんのあんたたち……」

なにやってるのか、それはあたしも知りたい……。

あたしは一秒でも早くこのリモコンローターを外したかったのだけど、ここでは外したところで持ち帰る手段がないので、結局外せたのはホテルに戻ってからだった。

トイレの洗面台で入念に洗ってから、ビニール袋に入れて、絢に突き返す。旅行の間は、そのビニール袋は決して開封しないようにと厳命した。

できれば捨ててほしかったけど、これ一万円近くするらしいし……。ぐっ、金額を聞くと、あたしは弱い……。絢め……！

ただし、覚悟しなさいよ。

夜は、あたしの時間なんだからね！

＊＊＊

パジャマ姿の絢はベッドの上にちょこんと座って、余裕気な笑みを浮かべてた。

「きょうは楽しかったね」

「……そう（でしょう）ね！」

あたしは噛みつくようにして答える。あれであんたが楽しくなかったら、あたしの丸一日は丸ごと最低だったよ！

夕食を終えて、交代で部屋のお風呂(ふろ)に入って、午後8時半と早いけど、あたしたちはもう寝る準備ＯＫ。それはつまり、戦いの舞台が整ったということだ。

「それで、なにして遊ぶの？」

「絢を恥ずかしい目に遭わせてやる……」

「目がこわいよ、鞠佳」

そう言う絢は、まだ笑ってる。

かかっておいで、という挑発的なポーズにも見えて、すでに燃え上がってたあたしの中の炎は、さらに火の粉を散らす。

「思い出すだけで絢が顔を真っ赤にして、すぐにでもお布団の中に潜って『わあああ！』って叫びたくなるようなことをしてやるんだからね……！」

「そうなんだ。がんばってね」

まるで子供が『将来、宇宙飛行士になる！』と宣言してきたのを、励ますような口調である。ムカつく。

しかも、膝を抱いて座る絢の目は、『まあムリだとおもうけどね』と語ってた。

このー！

……いやいや、一度落ち着かないと。あたしが逆上したら、絢の思うつぼだ。『必死だね、鞠佳』なんて笑われたら、もう体中の血液が沸騰してしまう。

あたしは気持ちを落ち着かせるために、まずは行動を開始することにした。ポーチから２本のリボンを取り出す。

「絢、ちょっと髪いじらせて」

「いいけど」

　ベッドにあがって、絢の髪を結ぶ。ドライヤーでしっかりと乾いた髪は、エアリー感の強い、しっとりのふわふわ。天使の翼はきっとこんな手触りなんだろう。

　高めの位置で髪をくくって、あっという間にできあがり。ツインテールの絢だ。

「いいじゃん！」

　鏡を見せる。絢は髪の毛を指でいじりながら、眉間に少しシワを寄せた。

「これが……恥ずかしいこと？」

「ううん、ただ単にあたしが見てみたかったから」

　案の定、よく似合う。前々から思ってたのだ。柔らかな髪質と、絢の日本人離れした顔立ちは、ツインテールと相性がいい。アスタにだって負けず劣らずだ。

「んー……なんかヘンだよ」

「えー、そんなことないって。見慣れない髪型だから違和感あるだけだよ。めちゃめちゃかわいいよ。似合う似合う」

「そうかな」

　視線を揺らす絢は、ちょっと恥ずかしそうだった。狙ってたわけじゃないけど、恥ずかしが

るツインテの絢は相当かわいいので、よし。

　気分が乗ってきた。あたしは次の手を披露する。

「じゃじゃーん」

「アイマスク？」

「そ。移動中とか寝るかなーって持ってきたんだ。絢にはこれを装着してもらいます」

「ふーん、わかった。目隠しプレイ的な？」

「まあ、そんな感じ」

　すると、今度は躊躇せずにアイマスクをつけた。ツインテはじゃっかんイヤそうだったのに、こっちは抵抗感ゼロ。絢のポイントは、相変わらず謎である。

「どう？　ちゃんと見えてない？」

「うん、真っ暗」

　あたしも買ってから試したことがある。なにも見えないのは、検証済み。よしよし。

　さらにスマホで、適当なＢＧＭをかける。

「なにそれ、ボサノヴァ？」

「ま、適当なやつ」

　これでおっけ、と。

　あたしは絢の後ろに座って、絢を寄りかからせる。後ろから、絢を抱きしめるような形。

柔らかな肌。パジャマの生地の向こうから、絢の体温を感じる。

ここから先は、あたしもちょっと恥ずかしい……。しかし、身を切らせなければ、骨を断つことはできないので……。

「それじゃあ、今から絢の身体を触るんだけど、絢は動いちゃだめね」

「うん」

「その上で、今どういう気持ちなのか、詳しく説明してください」

「ん……そういうプレイ?」

プレイとか言うな。そうだけども。

「試しにほら、やってみるよ」

抱きすくめた絢の、その形のいい後頭部を撫でる。

「鞠佳に、頭を撫でられてる」

「それはただの実況でしょ。そうじゃなくて、今の気持ちを言葉にして」

絢は少し考えてから、口を開く。

「……鞠佳に頭を撫でられると、きもちがいいよ。お日様の匂いがするバスタオルで、髪を拭いてもらってるみたい」

「いいじゃん、その調子。それじゃあ、本番いくからね」

「本番だって。やらしいね」

「余計なことは言わなくていいの！」

あたしは後ろから、絢の胸に手を伸ばす。ごわごわとした硬い感触。

「ブラつけてるじゃん」

「だれか来るかもだし」

「外すからね」

答えは聞かずに、ブラのホックを外す。肩紐をずらして、腕を抜かせる。紺色のレースがついたブラが、はらりと落ちた。

「これで、絢の胸はあたしのもの」

「鞠佳の胸は、私のもの？」

「それは違うからね」

絢のたわごとを聞き流して、絢の胸を両手で包み込む。ふにふにと揺らすと、あたしより大きくて柔らかなおっぱいのボリュームを手のひらに感じる。

「どう？」

「鞠佳に胸をさわられてる」

「こら」

「ちょっとくすぐったい、かな。他には、とくに」

「あっそう」

つれない態度の絢に、いちいち目くじらを立てる必要はない。夜はまだ始まったばかりなのだから。

あたしはしばらく絢の胸を揺らして楽しんだ後、パジャマの中に手を入れた。

ちょっとは乱暴にしてやったほうがお互いの立場をわからせることができるんじゃないかと思いつつも、まずは表面を撫で回すことにした。指先の感触がきもちいい。

「絢」

「……鞠佳の手、あったかいね。お風呂上がりだからかな」

「そうかもね」

ここで胸の先っぽを、きゅっとつまむ。

すると、絢の身体がびくっとした。

「今のは?」

「……ぴりっとした」

「もうちょっと具体的にー」

意地悪な口調で、絢を急かす。

その間も、おっぱいの先端を絞るみたいに、指の腹でこすり続ける。根本から頂上へと、繰り返し、ずりずり。繰り返し、ずりずり。

音楽の流れる室内で、絢は熱い息を吐いた。

「ん……。鞠佳に胸をさわられるの、きもちいいよ……。ドキドキして、胸がきゅっとして……でも、刺激が物足りなくて……もっと、もっと、さわってほしくなる……」

目隠しされた絢の声があまりにも艶（つや）やかで、あたしは思わず生唾（なまつば）を飲み込んでしまった。

こっちまで、ドキドキしてくる……。

「……先っぽ、すっかり硬いよ」

「うん……。鞠佳にさわられてるから。じわじわときもちいいところが広がってって、もどかしい熱が、たまっていくかんじ……」

「その調子」

あたしは緊張してるのがバレないように、言葉短く告げる。

「まだしばらく、胸をしてあげる。嬉しいでしょ」

「……うん、鞠佳にされてるから」

その気持ちは、あたしにもわかる。胸とか、自分で触ってもあんまりピンと来ないけど……絢にされてるときはぜんぜん違う。それ自体がじゅうぶんきもちよくて、幸せになれる。

「ねえ、絢」

あたしは目隠しされてる絢の、その微細な変化をいちいちあげつらう。

「なんか、ちょっとずつ脚開いてきてるよ。さわってほしいの？」

絢はこくりと小さくうなずく。

あたしは「だめ」と言う。

「ちゃんと言葉にして」

「………胸ばっかりだと、切ないきもちになっちゃうから。もっと、つよくしてほしい」

あたしとの約束を守り、正直に答えてくれる絢。

そんな彼女が愛おしくて、頭を優しく撫でてしまう。

「いいよ、脱がせてあげる」

腰を浮かせた絢の、ショートパンツを引き下げる。真っ白な脚があらわになった。

ショーツは花冠をあしらったような、可憐な白の下着だ。

まずは腿を撫でて、その肌触りを堪能する。すべすべで、手に張りつくような感触がする。

適度な弾力があり、柔らかすぎる胸よりも、むしろ触ってて安心する。

手のひらを何度も往復させる。ただ、絢のショーツらへんまできたところで、Uターン。ふともも全体を撫で回し、絢の気分を高めていく。

絢はなにも言わなくても、自分から口を開いた。

「鞠佳に、脚をさわられて……ふぅ……腰が、うごいちゃうよ……。手つきが優しいから、焦らされてるって、おもって……。でも、それもきもちよくて……」

「……焦らされてるのが、気持ちいいの？」

絢はこくこくと首を軽く上下に動かした。

「うん……。だって、この後に、いっぱいきもちいいことを、してもらえるんだ、っておもうから……。ゆっくり、もどかしくされるのも、きらいじゃない……」

「絢って、ドSなだけじゃなくて、かなりMも入ってるよね」

その言葉には、絢は答えなかった。まあいいけどね。

「してあげよっか、絢」

ショーツの縁を指でなぞる。絢の腰がぴくぴくっと跳ねる。

「して、ほしい……」

そのおねだりに、あたしはゾクゾクしながら口の端をつり上げる。

「いいよ。でもね——」

そのとき、チャイムが鳴った。


（……え？）

不破絢は、身を固くする。

来客を知らせるチャイムが鳴ったのだ。

後ろで鞠佳が立ち上がる。

「はーい、ちょっと待っててね」

鞠佳がベッドを下りて、部屋のドアへと向かったらしい。目隠しをされて、身動きしないようにと言い含められた絢は、物音で察するより他ない。

(誰かと、約束してたのかな……?)

となれば、鞠佳との夜の行為はここまでか。

気分が盛り上がってきたところだっただけに、かなり、残念な気分だが……。

「あ、外しちゃだめだからね、絢」

「え?」

アイマスクに手をかけようとしたところで、鞠佳に注意された。でも、それだと……。

ベッドに座ってノーブラで、アイマスクを付けて、さらに下はショーツだけ。この姿が、見られてしまうことになる。

(それは、ちょっと……)

鞠佳の言葉に強く抵抗感を表す前に、ドアが開く音がした。

「ほら、入って入って。ただ、音を立てちゃだめだからね」

(えっ、えっ……?)

鞠佳が誰かを招き入れたようだけれど……。

音楽がかかっていても、これぐらいわかる。他に、人の気配はしない。

(これって……そういうこと?)

鞠佳は『絢にいちばん恥ずかしいことをしてやる!』と息巻いていた。

正直、さっきまでの愛撫は目隠しされているという意味では恥ずかしかったものの、そこまでのことではなかった。自分の気持ちを素直に口に出せ、というのもそうだ。

だけど、もしこの行為を第三者に見られているのだとすれば……。

鞠佳が戻ってくる。

「ね、絢。悠愛と知沙希が来たけど、さっき言ったことはそのままにね。ちゃんときもちよくしてあげるから、安心して」

「でも、鞠佳……」

鞠佳は絢の身体を、先ほどと同じように後ろから抱きしめてくる。

(そう言われても……誰も入ってきてないよね？　だって、なにも音しないし)

耳を澄ませても、聞こえてくるのはスマホのＢＧＭだけ。誰の息遣いも感じられない。すべて鞠佳のお芝居だ。わかっている。自分を恥ずかしくさせるための……。

鞠佳が、絢のふとももを摑む。

「ほら、さっきみたいに脚開いてよ。なんで閉じてるの？」

「えっ……それは、べつに」

別に、だ。ここにいるのは、自分と鞠佳だけ。

なら先ほどまでと、なにも変わらない。

鞠佳は誰もいないはずの空間に、語りかける。

「ふたりとも、見ててね。絢って普段はクールで大人っぽいのに、してる最中はすっごくかわいいんだから」

その声色はまるで本当にそこに誰かがいるみたいで、大した演技力だ、と思う。

でも、ただそれだけで――。

「ひゃっ」

鞠佳の手が、急にショーツの中央をなぞりあげた。びっくりして、声が出てしまう。

「あーや」

からかうような口調の鞠佳。

「かわいい声出しちゃって」

「……そんなことない。今のはただ、驚いただけ」

「そうじゃないでしょ、絢」

鞠佳の指が、さらにショーツをこする。そこが濡れていると、絢自身もわかってしまう。

「ほら、言って。どんな気分？」

「…………きもちいい」

「もっと詳しく、だよ」

なぜかはわからないけれど、口が重い。頭ではちゃんとわかっているはずなのに。

「鞠佳のゆびが往復するたびに、きもちいい部分にひっかかって……。さっきよりずっと強い刺激が、ぴりぴりぴりって、せすじをのぼっていくかんじ……」

「そうそう、その調子」

（これは……相当、はずかしい……）

鞠佳は規則正しく、上下に指を動かす。ショーツの上から押されて、気持ちいいけれど……

そのギリギリ惜しい微妙な快感は、絢の理性を溶かし切るには至らない。

だから、まだ羞恥心を捨てきれない。

「せっかくお風呂入ったのに、このままじゃ、シミができちゃうね」

（……そんなにいじられたら、それは、そうなっちゃうよ……）

心の中で、鞠佳を非難する。自分だって、ローターでとろとろになってたくせに。

「じゃあこれも、脱がせてあげる」

「えっ」

待って──と声をあげる前に、鞠佳の手がショーツを引き下ろした。

「──っ」

全身の血液が一気に温度を増した。

今さら鞠佳に見られるのは気にしない、とまでは言わないが、前よりはずっと慣れたと思う。

でも、だけど。

「こんなの、だめ……」

まるで泣きそうなほどに、切ない声が漏れた。

「なんで？　いいじゃん。絢のかわいいとこ、いっぱい見てもらおうよ」

絢は小さく首を横に振る。

鞠佳に後ろから抱きすくめられて、脚を開かされていて……。空気にさらされた部分があまりにも心細くて、不安が絢の全身に染み込む。

「ほら、きもちよくしてあげるから」

ついに鞠佳が、絢の敏感になっている箇所を直接、押し潰すように触ってきた。

「んっ……」

待ち焦がれていた鋭利な快感だ。しかし今の絢には、それを素直に楽しむ余裕はなかった。

だって、もし本当に見られていたら──。

「あんまり大きな声を出しちゃだめだからね、絢。隣の部屋に聞こえないようにしないと。でも、ちゃんとどう感じているのか、口に出して」

「まりかぁ……」

指を噛んで、むりやり声を殺すこともできない。動くことは、禁止されている。

（はずかしい……）

興奮と恐怖に、痛いほど胸が早鐘を打つ。酩酊感が足の指先まで行き渡る。

幻のはずの視線が、絢に突き刺さる。悠愛は、知沙希は、最近ようやく仲良くなれたと思ったふたりは、絢をいったいどんな目で見ているのか。

困惑。冷笑。軽蔑。失望。

（やだ……これは、ちがうの……ちがう……）

なのに、胸が痛くなれば痛くなるほど、絢は仄暗い喜びに包み込まれてゆく。

（まりかにされてるとこ、見られて……わたし、こんなの、すごくはずかしいのに……）

鞠佳の指が、激しさを増す。

手つきは乱暴で、ただ絢を気持ちよくさせるための嵐のようだった。

少し前は、絢が一方的に鞠佳を気持ちよくすることばかりだったのに、今ではちゃんと鞠佳も絢の弱点をわかっている。鞠佳はなんといっても、要領がいいから。

鞠佳が、絢の耳に甘く噛みついてくる。

「言って、ほら。ちゃんとふたりに聞こえるように」

「き、きもちいい……きもちいいの……。鞠佳の手で、いっぱい、ぐちゅぐちゅされて……。ずっと、ずっとすごくきもちよくて……！」

「もっと言って。やめないで」

「どんどん、限界がちかづいてっ……ああっ、だめ、こんなの、まりか以外に、見られちゃ……っ。やだっ……！」

「絢、好きだよ、絢」

「私も……好き……っ、まりかのこと、だいすき……。あ、あ、ああっ、もう、だめだめ、だめ………っ！」

緊張に満ちた絢の身体が、一気にほどけて、弾けるように震えた。アイマスクの下の目が硬く閉じられて、その暗闇の中に真っ白な光が散る。

後に残ったのは落ち着いたＢＧＭと、激しい呼吸音。

そして、そんな絢を後ろから抱きしめる鞠佳の温もり。

「いっちゃったね、絢」

「……はぁ……はぁ……」

「見られてきもちよくなるとか、絢はほんとに、ドヘンタイ」

「…………あっ。ま、まりか」

鞠佳は、これで終わらせる気はないようだった。

再び絢の下半身に、鞠佳のしなやかな手があてがわれる。

「わたし、もう、きもちよくなったんだけど……？」

「でも、せっかく悠愛と知沙希が来てくれたのに、これで終わりじゃつまんないじゃん。あたし、もっともっと絢のかわいいところ、見てもらいたいから」

「か、かわいいなら、まりかの、ほうがっ」

「絢を恥ずかしくさせるのが目的なんだから、あたしじゃ意味ないでしょ。夜は、絢の番」

「わたし、こんなにっ、やってないっ」

「こういうのは、やられたほうがどう思うか、だし」

鞠佳は、執拗に女の子の弱点を責めてきた。昼間よっぽど腹が立ったのだろう。普段とはまるで違う執念深さだった。

何度も繰り返し、絢は達することになる。

鞠佳が満足し、その気分が晴れるまで——絢はその身体を貪（むさぼ）られ続けた。

そして。

ようやく、鞠佳が絢のアイマスクを外してくれる。目に蛍光灯の光が射（さ）した。

光のリングはぼやけていて、淡い光を発している。

「ええと」

正面にいた鞠佳は、どこかよそよそしく、申し訳なさそうに口を開く。

「ちょっとやりすぎたかな、って思うわけで……」

「………」

「あ」

気づいた鞠佳が固まる。

絢の目の端に、涙のあとがあった。

「ご、ごめん、絢。見られてたってのは、ウソだから！　誰も来てないから！」

ぼーっとしたまま、絢は鞠佳を見返す。

鞠佳はひどくうろたえていた。

「ほら、あたしいっつも絢に恥ずかしい目に遭わされるし、だから絢をちょっと懲らしめてやろうって思って……見られる側の立場になってみたら！　絢もあたしの気持ちがわかるんじゃないかって！」

早口でまくし立てる鞠佳に、絢はこくりとうなずいた。

「あ、うん……。それは知ってたけど」

「は？」

鞠佳が唖然とした。

「じゃあ、なんで泣いてたの……？」

絢は手の甲で顔をこすって。

「え、きもちよかったから」

「…………」

鞠佳が黙り込む。

はぁ、と絢は頬に手を当てて、吐息を漏らした。

「たまには強引(ごういん)な鞠佳も、いいね……。私をきもちよくするために、こんなにいっぱい考えてくれて、ありがとうね。恥ずかしいのもスパイスになって、よかったよ。またしようね」

微笑みかける。

すると、鞠佳は脱力した後で、逆ギレするかのように叫んだ。

「もう、無敵じゃん‼」

＊＊＊　＊＊＊

あたしは無力感を覚えていた。

心を鬼にしなければならないと思ったのだ。そうしなければ、あたしは一生絢にリモコンローターを付けられる人生になるだろう、と。

なので、絢に、あたしが味わわされた恥辱をぞんぶんにやり返してやるつもりで、めちゃくちゃ鬼畜な策を用意したのに……。

それなのに！

絢は、満足げに笑って『またしようね』と言ってきた。

メンタルがやばすぎる。なんなの？　友達に見られたかもしれないってのに、どうしてそんなに平静でいられるのか。もう、どうかしてる。

あたし、絢のことわかんないよ……。

まあ、そもそもほとんど話したことないクラスメイトを、百万円で百日間買い取ろうとした女だからな……。最初から理解できるわけがなかったのかもしれない……。

あたしは恋人のドヘンタイっぷりに、改めてドン引きしたところで。

スマホに、珍しい子からのメッセージが届いてた。


「ひな乃ー？」

あたしはホテルのロビーにやってきた。

行為の後、なぜか敗北感を味わいながらシャワーを浴びて……。まあ、絢をきもちよくさせることができたのは、よかったけど……でも、それが目的じゃなかったんだよなあ！

で、体を軽く洗って出てきてから、あたしはひな乃のメッセージに気づいた。

なんか相談事があるらしい。え、珍し。

メッセージには待ち合わせ時間と、場所が指定されてた。直接会って話したい、ということなのだろう。絢に許可を取って、あたしは部屋を出たのだった。

さすがにパジャマというわけにはいかないので、Tシャツ姿。スリッパでぺたぺたとロビーをうろつく。

ひな乃はホテルの端っこにあるソファーに、目立たないように座ってた。いや、その髪の色で目立たないっていうのは無茶なんだけど。

「ひな乃、来たよ」

　スマホから顔をあげるひな乃。同じくお風呂あがりっぽくて、いつもは巻いてるか結んでる髪を、まっすぐ下ろしてた。

　ラフな格好のひな乃は初めて見るけど、意外と似合ってる。

　よ、と手を振られる。

「悪いね、呼び出して」

「ううん、まだ起きてたし」

「カノジョと、あんなに燃え上がってたところだったのに」

「まるで見てきたみたいに言うなよ！」

　ちゃんとシャワー浴びて、痕跡消してきたんだから！

「そういや、チャイムはなんだったの？」

「あれはまあ、ちょっとした余興っていうか……」

　ちなみに、部屋のチャイムを押してくれたのは、ひな乃だ。きっと細かいことを気にしないだろうと思って、時刻を指定してお願いした。

　案の定、ひな乃は「ふーん」とだけ言って、それ以上突っ込んではこなかった。助かる。あたしも恋人と目隠し言葉責め羞恥プレイに興じてたなんて、わざわざ言いたくない。

「で、なに？　相談って言ってたけど。悪いけど、お金ならないよ。ひな乃にもらったバイト代も、水着代に消えたからね」

ひな乃はもごもご口を開く。

「実は、鞠佳に手伝ってほしいことがあって」

ますます珍しい。

「手伝いって……？」

「まあ、事情があって」

言いづらそうにするひな乃を見て、こいつは人にお願いすることに慣れてないんじゃないかと思った。

「なんか、モットーとかあるのかなって」

「なにが？」

「いや、原宿の店の手伝いも交換条件だったたし。こういう、頼み事について、的な」

あたしの顔を見て、ひな乃が目をパチパチする。

「あるっちゃ、ある」

「やっぱり」

「あたし、最強になりたいんだ」

「最強に」

なんかすごいこと言い出した。

「人間は結局のところ、最後にはひとりだからね。人に頼るのが癖になると、心が弱くなる。

ひとりで生きていけるようにしとかないと、困るのは自分」

修学旅行中。初夏の沖縄、ホテルのロビーでそんなことを語る小さな白幡ひな乃は、まるでなにかと常に戦ってるソルジャーみたいだった。

ひな乃は肩をすくめる。

「ごめん、どうでもいい話だったね」

「いや、まあ、先に聞いたのはあたしだし」

それに、と続ける。

「ひな乃が『最強になりたい』って思ってるんだったら、なんか、がんばれ、って感じ。そのうちなれそうだし」

「そっか」

ひな乃は無表情のまま、うなずいた。相変わらず、なにを考えてるかよくわからない顔だ。

「じゃあ、毎日正拳突きしとくか」

「物理的に最強ってこと⁉ それはムリだから諦めろ！」

ちっちゃい細腕で、ビシッと音がしそうなキレのある正拳突きを放つひな乃。なれる……のか？ お前。

「で、最強になりたいひな乃が、主義主張を曲げてもあたしに頼み事するって、興味わいてきた。水族館でも勝手にひとりでいなくなったくせに」

「……他に方法がないから」

「ほほう」

あたしが偉そうにうなずいたその直後だ。

ひな乃の隣に誰かがやってきた。

黒髪を肩のところで切り揃えた、同い年ぐらいの女の子。

「あ、あの！」

明らかにあたしに向かって声をかけてきて、さらに頭を下げてくる。

「えっ、なになに？」

ぱっちりとした快活な瞳。

上下にジャージを着た、真面目そうな子だった。夏休みの宿題を毎日コツコツとやりそうなタイプ。間違いなくうちの学校の生徒ではない。ましてやひな乃とは、きっと人生で一度も言葉を交わす機会すらなさそうな――。

ぱっちりとした瞳が、あたしを映す。

「いつもひな乃ちゃんがお世話になってて……その、ご迷惑をかけていたら、すみません！」

「ん……？」

ひな乃、ちゃん？

かなり違和感のある呼称に、あたしはひな乃を見やる。

この、人生で一度も学校をサボったことがないような子と、毎朝学校をサボるという選択肢が第一候補にあがるひな乃が、いったいどんな知り合いなのか。

ひな乃が柄にもなく照れた態度で、小さくうなずいた。

「あー……うん。この子が、あたしのカ、カ、カ、カノジョ」

………………。

えええええっ⁉　ぜんぜんタイプ違うじゃん！

第三章

修学旅行　3日目

時刻	場所	活動内容
7:20	朝食	○班ごとに朝食
8:30	ロビー	○本日はホテル移動なし
9:00	バス移動	**生徒集合**
		【班長】点呼
		○貴重品袋返却
9:30	選択学習	**各班選択学習**
		○サトウキビ刈り
		○マングローブ見学
		○ゴルフ体験ツアー
12:30	バス移動	**生徒集合**
		【班長】点呼
13:00	昼食	**ホテル昼食**
		○班ごとに昼食
13:40	自由行動	○各班、あらかじめ提出した自由行動計画書に基
		行動すること
18:00	ホテル着	**生徒集合**
		【班長】点呼
		客室鍵配
		ケジュール確認
		の点呼後、担任報告
23:00	就寝	**消灯**
		○消灯後は私語厳禁

鞠佳班はこっち

　女の子が女の子と付き合う場合、はたして自分に似てる相手を選ぶのか、それとも似てない相手を選ぶのか問題、というものがある。（あたしが今考えた）

　例えば、悠愛と知沙希はかなり似てるほうだ。性格もキャラも真逆だけど（一行で矛盾）、とはいえ、同じグループの友達同士から始まった縁。一緒に遊んだこともない多くのクラスメイトと比べれば、趣味も価値観も似てるに決まってる。

　他には、夏海ちゃんと春ちゃんとか。ふたりはそもそもバドミントン部の先輩後輩という仲だった。テンション感なんかは、特に似てた気がする。

　よく、恋人には自分にないものを求める、という話を聞くけれど、そもそも恋人として選ばれるためには、なにかしらの接点、共通点がなければならない。

　というわけであたしは、自分に似てる相手を選ぶ、というほうを推したい。

　まあ、あたしと絢に関しては……基本的にフツーの出会い方じゃなかったので、横に置いとくとして……。

　それを踏まえて、もう一度だ。

「すみません、自己紹介が遅れて。わたしは、花崎深優っていいます」

　ホテルのロビーにて。ひな乃の隣に立つ彼女は、あまりにも丁寧に頭を下げた。

　身長はあたしと同じぐらいか、ちょい高め。ただ、日舞でも習ってたのかな、というほどの綺麗な所作だった。

……さすがに似てない、よなあ⁉

あたしは、背筋を伸ばして立つ深優ちゃんと、その隣にいる猫背の女を交互に見やる。

「あたしは榊原鞠佳。だけど……今、カノジョって？」

「うん」

ひな乃は、もはやしっかりばっちり吹っ切れたかのように、やる気のないピースをした。

……ふむ。入念に再確認する。

「誰が、誰の」

「深優が、あたしの。あるいは、あたしが深優の」

なるほど。

似てる似てない問題に、あたしはもうひとつ理論を追加した。すなわち、長く付き合ってるカップルは徐々に似てくる、の法則だ。

あたしと絢はこのタイプだと思う。今じゃ、休日も話題もほとんどを共有してるんだから、当たり前の話だけどね。

なるほど、そうなると。

「ついさっきナンパしてきたってことか」

「なんでだ。幼馴染だっての」

そういえば前にそんなこと言ってたような…………小学校からの幼馴染だったっけ。

あたしは自説が崩壊してゆく音を聞いた。

いや、待てよ。まだわからないぞ。ひな乃も高校入学前までは、深優ちゃんみたいだった可能性がある。動物ってなんでも、子供のときはかわいいっていうし！

あたしがムリヤリ自分を納得させようとしてる間に、深優ちゃんがひな乃の手を引く。

「ねえ、ひな乃ちゃん……。やっぱり、ご迷惑だよ」

「大丈夫。鞠佳は一見、迷惑そうな顔をしてても、なんだかんだズルズルと受け入れちゃうタイプだから。そういうのが性癖の、流され受けなんだよ」

なんかまたあたしの知らない言葉が出てきたな。

「頼みって、深優ちゃんに関係する話？」

「そういうこと。みゆゆに関係するってことは、全人類に関係するってことでもある」

「ないでしょ」

深優ちゃんのこと、みゆゆって呼んでるのか。あやや（悠愛が絢につけたあだ名）みたいな言い方しやがって。

「ひな乃ちゃん、せめてちゃんと説明したほうが……」

「大丈夫。鞠佳は強引（ごういん）なのが好きなんだよ。無理矢理求められて、嫌々（いやいや）でも応じるってところに快感を覚えるタイプだから。総受けってこと」

「あたしに協力してほしいのかしてほしくないのかどっちなんだ!?」

今ここであたしをおちょくるメリットないだろ！　ひな乃がメリット考えて生きてるわけないじゃんってのは、そりゃそうだけど！

ひな乃と話してても、らちがあかない。あたしは、見た目はとりあえずマトモそうな子に話を聞くことにした。

「ごめん、深優ちゃん。説明お願いしてもいいかな」

「はい」

深優ちゃんはキチンとうなずき、キチンと話してくれた。

ひな乃に聞いたら8時間ぐらいかかりそうな事情を、2分でまとめてくれる。

深優ちゃんは他校の生徒で、高校三年生。沖縄に来たのは、バドミントン部の合宿らしい。

明日一日は自由時間があるみたいで、ひな乃がそれなら一緒に過ごそうと深優ちゃんを誘ってくれた。

「それでホテルに来たんですけど、さすがに他校の生徒が修学旅行に紛(まぎ)れ込んだら、ひな乃ちゃんや同じ班の人にご迷惑がかかってしまうんじゃないかと思って」

「ちゃんとしてる……」

「でしょ」

なぜかひな乃が胸を張る。

深優ちゃんは苦笑いをしてた。その笑顔がやけに似合って見えるのは、ひな乃相手にいつも苦笑いをしてるからなのだろう。心中をお察しした。

「ひな乃ちゃん、よく無茶なことを言うんです。わたしは別にいいんですけど、それで他の人を巻き込むのは、ちょっと」

「まともな感性の持ち主だ……」

人の迷惑を考えられるなんて……。あたしは感動した。

沖縄に来て、初めてまともな人と言葉を交わしたかもしれない。

「そこで、我が班の班長様を呼び出したってわけ」

「なるほど」

異常な感性の持ち主の言葉を聞き流しつつ、あたしは腕を組んだ。

「すみません、夜分遅くに呼び出してしまって……ご迷惑でしたよね」

「それは、そこまでじゃないけど……」

でも、恋人とたまたま沖縄に来てた時期がかぶって、自由時間もかぶってるとか、すごい偶然だし、チャンスだー！　って思う気持ちもわかる。

なにより、肩を小さくしてる深優ちゃんが可哀想（かわいそう）に見えてしまったのが、おしまいだった。

「……人数ごまかせばいいんでしょ？　別に、そんなに難しくないと思うよ。ひとり増えるのも、減るのも」

あたしはさらっと言った。

昨日ときょうの流れから察するに、班ごとの管理はだいたい班長に任せっぱなしだし。

体験研修とかだとひとり増やすのは大変かもしれないけど、具合悪くてホテルで寝てますとでも言えば、ひな乃が抜けてどっか行くぐらいは楽勝だろう。

「さすが鞠佳。かわいい女の頼みは断れない女好き」

「恋人さんの前だけど、そろそろ殴っていい？」

「だ、だめですよ！」

深優ちゃんが慌てて割って入ってきた。

「いやごめん、冗談で」

「あ、そうじゃなくて……。殴るのは別にいいんですけど」

「いいんだ……」

「殴られる言動をするひな乃ちゃんが、よくないと思います」

そう言って、ひな乃の頭を摑む深優ちゃん。小学生からひな乃と付き合ってる子だけあって、ものすごく割り切った発言だった。

そうでもしないと、まともな人間にひな乃の恋人は務まらないってことか……。同じく問題児を恋人にもつひとりとして、あたしは深優ちゃんにめちゃくちゃ共感した。

顎に手を当てて、うんうんとうなずくひな乃。

「かわいい女でしょ。手を出すなよ」

「出すかっ」

深優ちゃんは眉尻を下げながら。

「でも、ひな乃ちゃんが抜けるのはよくないですよ。見つかったときに、ひな乃ちゃんが怒られちゃいます。ただでさえ学校サボりがちで、ちゃんと卒業できるのかわからないのに」

「すっごく心配してくれてるじゃん」

あたしが半眼を向けると、ひな乃は温かく微笑む。

「深優に心配されると、きもちよくなってくる」

「ねえ深優ちゃん、どうしてこいつと付き合ってるの？」

もしかしたら弱みを握られてるのかもしれない。深刻な声色で問う。

深優ちゃんは目を逸らし、頬を赤らめた。

「それは……とても、大切な人なので」

乙女のリアクションだ！

ひな乃はあたしが見たこともないようなドヤ顔をしてた。

「表面上の言葉なんてどうでもいいんだよ、鞠佳。あたしたちは、もっと深いところで繋がってるから。愛という名の絆でね」

「う、うん。そうだね、ひな乃ちゃん」

ひな乃に手を握られて、あせあせと微笑む深優ちゃん。それはまるで、田舎から上京してきたばかりの美少女が、悪い男に捕まったような光景だった。

ほんとに、大丈夫か⁇

あたしは不安になった。真面目で純情そうな深優ちゃんと、不真面目でセフレセフレとか言ってるひな乃の取り合わせは、あまりにもミスマッチで。

むしろ、ふたりの沖縄デートに力を貸さないほうが、深優ちゃんのためになるのでは……？

＊＊＊

「白幡の」「カノジョー⁉」

翌日、朝食の場。

ホテルの食堂で、きょうは朝から本場のチャンプルーだ。

チャンプルーといったらゴーヤ入りのものが馴染み深いけど（てゆーかそれしか知らないけども）、もともとはただ『ごちゃ混ぜ』って意味らしい。豆腐と食材を炒めた料理はだいたいチャンプルーなんだとか。

というわけで、今回のはソーメンが混ぜられてる。その名もソーミンチャンプルー。あっさりとしてのど越しが爽やか。スルスル食べられるので、朝ご飯にもぴったりだ。おいしい。

「うん、まあ、うん」

知沙希と悠愛に詰め寄られて、ひな乃は曖昧にうなずいて頬をかく。表情に出なくても、口ごもってるときはだいたい照れてるときらしい。あたしも学習してきた。

ひな乃から許可をもらって、昨日のうちに班のみんなには伝達済みである。

先生の目をごまかすにしたって、知沙希や悠愛とは口裏を合わせとかなきゃいけないからね。見つかったら、みんなで怒られるかもなんだし。

だけど、案の定というかなんというか、知沙希と悠愛はノリノリで。

「へー、見てみたかったたな。どんな子なんだ?」

「なんかねー。すっごい真面目そうな、ちゃんとした子だった」

「ひなぽよと付き合ってるのに⁉」

「ねー」

考えることはみんな一緒みたいだ。

ひな乃はソーメンチャンプルーを口に運びつつ。

「みゆゆ……深優は小5のとき、うちの学校に引っ越してきて、そこから友達になったんだよ。猫飼ってて、よく見せにもらいにいってるうちに、いちゃつくようになった」

猫といちゃつくの間がすっぽりと抜けてる気がするんだけど……。

ひな乃はそれで説明責任を果たしたとばかりに気を緩めたが、しかし知沙希と悠愛の追及は止まらない。

「ね、ね、ひなぽよとその子、どっちが付き合おうって言ったの？」

「深優」

「わぁ！　ほんとに⁉　やるじゃん！」

「写真とかないのか？」

「あるけど……」

「みせてみせて」

あのひな乃が押されてるの、うける。

「いやー……みんな好きだなあ、恋バナ」

「だね」

絢とふたり、しみじみとうなずく。

お水の代わりに出たお茶は、さんぴん茶という種類らしい。緑茶の一種で、ジャスミンティーみたいな香りがする。これいいな。お土産に買っていこうかな。

「バーのひとたちも、すごく恋バナ好きだよ。相談に乗るよって言って、よくお客さんに絡みついてる」

「絡んでるの上位表現きちゃった」

いや、あたしも好きだけどね。人の恋愛相談に乗るのも、けっこう好きだし。もしかしてあたしもあのバーの店員になる素質があるってこと……？　まずいな。

「えっと、絢は？」

「私は……」

盛り上がってる正面の3人（ひな乃はめちゃくちゃめんどくさそうだったけど）に水を差さないようにか、声をひそめる絢。

「あんまり、かな。なんか楽しむのも悪い気がして」

「え、そうなの？　漫画とか小説とか好きであんなに読んでるのに」

「あれは人を楽しませるために作られたお話だから。作品と実際のものは、なんか違う」

そういうものか。むしろお話の恋バナより、身近な人の話のほうが面白いと思うんだけど。

ちらりと視線を向けると、ゆめちさにのせられたひな乃が、べらべら喋ってる。

「まあ、なんていうかね。好きなところはいっぱいあるけど、いちばんはやっぱり顔かな。みゆゆって普段もかわいいし、なにより表情がいいんだよね。真剣な顔とか、あたしですら思わずドキドキしちゃう瞬間あるし、なんかね、かっこいいんだよね」

さっきまで照れてたくせに！　こいつ、まんざらでもないぞ！

「好きなとこが顔って、お前」

「えー、あたしはわかるけどなー？」

悠愛が知沙希に上目遣いでぱちぱちとアピールをする。ぐい、と知沙希に手で押しやられてた。「むぎゅ」と悠愛が鳴く。

あたしは絢に視線を向けないよう努力する。顔が好きとか、不純だと思います！　あたしはちゃんと絢を性格で選びましたし！　百万円……？　いったいなんのことかな……。

しまった。そろそろ朝食の時間が終わってしまう。ゆっくりしすぎた。

「と、とりあえず、午後からでいいんだよね？　ひな乃」

「うん。そしたら、ホテル前に来るって」

「おっけおっけ。じゃあ午後の楽しみのために、がんばりますか！」

手を叩くと、悠愛が「げっ」と声をあげた。

「そういえば、きょうの午前中って……」

知沙希が頬杖をついて、眉根を寄せる。

「シーカヤックに乗って、マングローブ見学のツアー……」

「疲れそうー……」

その名の通り、5人でひとつのボートに乗って、海の周りを回るツアーだ。

それだけ聞くと涼しげだが、どうやらオールを漕ぐのがまじでしんどいらしい。しかも海に太陽光が反射して、めちゃくちゃ暑いんだとか。

「い、行ってみたら楽しいかもじゃん！」

「どうせ海行くなら、そのまま泳ぎたかったー……」

「なんでこれにしたんだよ、マリ」

「他にサトウキビ刈りとゴルフしかなかったんだから、仕方ないじゃん！　5人で話して決めたことでしょ⁉」

記憶を失ってるらしいふたりに、あたしは握り拳を向ける。叩いたら思い出すか？　ン？

悠愛が大きくため息をついた後、知沙希の肩をポンと叩く。

「よし、ちーちゃん。あんたがオールになれ」

「ふざけんな。漕ぐのは任せた」

ひな乃が斜め上に視線を向けつつ、つぶやく。

「鞠佳。昨夜は、人数減らすのも大した苦労じゃないみたいなことを」

「サボりはだめだって、深優ちゃんも言ってたでしょうが」

「…………」

思いっきり嫌そうな顔をするひな乃。いつもの無表情はどうした。

「めんどー……」『しんどいな』『サボりたい』

怠惰三銃士に、怒鳴る。

「あんたたち……言わせてもらうならね！　あたしだってサボりたいっての！　一日中クーラーのガンガン効いたホテルにいたいよ！　でもせっかく沖縄に来たんだから、やんなきゃもったいないじゃん！　修学旅行費だって払ってあるんだよ⁉　元取らないと！」

「20円あげよっか？　まりか」

「いらないから！　少ないし！」

悠愛の差し出してきた手をぺちっと払いのける。

「わ、私がんばるよ。がんばってオール漕ぐから……」

絢がぐっと拳を握って、健気にそう言ってくれた。

いい子……。この子だけが癒しだ。

いや、そうか？　騙されてるんじゃないか？　こいつ昨日あたしにとんでもないことをしたやつだぞ。

そういえばきょうもまた、絢になにか無茶ぶりをさせられるのだろうか……。仲良し鞠佳班のはずが、味方がいなくないか？

あたしは別のテーブルで和気あいあいとご飯食べてる体育会系グループに目を向けた。あたし、夏海ちゃんちの子になればよかったな……。オール漕ぐのもうまそうだし。

＊＊＊

これから天ぷらになるのかなってぐらい日焼け止めを塗って、あたしたちはシーカヤックでマングローブ森林の周りをぐるっと一周してきた。

オールの漕ぎ方から叩き込まれたので、のべ3時間ぐらい……。

巻きあがる水しぶきにきゃあきゃあ言ったり、転覆の危機にぎゃあぎゃあ騒いだり。

しんどかったけど、まあ出かけてみればやっぱり楽しいもので。

いやあ、女子高生って元気だね。

午前だけですっかり疲労困憊。

なのにホテルに戻ってきたあたしたちは、深優ちゃんと合流して、すぐにこの沖縄旅行の目玉スポットに向かうのだった。

そう、海水浴場！

沖縄の海にね！

＊＊＊

「やったー！　海だー！」

あたしはビーチサンダルで浜辺へと駆けてゆく。

ぎらついた太陽と、その熱をたっぷりに吸い込んだ砂浜。

まるで砂漠みたいな熱さに体からは汗が吹き出すけれど、でも目の前にはたっぷりと広がる青い海！

「テンションあがるー！」

両手を大の字にしてはしゃいでると、後ろから声がかけられた。

「こーら、マリ！　ひとりで行かないで手伝えー！」

「おっとそうだった！」

あたしは振り返って、来た道を戻る。

砂浜には、せわしない足跡が残る。

知沙希がパラソルを抱え、悠愛がビニールシートを持ち、絢とひな乃と深優ちゃんで残りの飲み物やら浮き輪やらを分担して運んでる。手ぶらなのはあたしだけだった。

「ごめんごめん、なにか持つよ」

「大丈夫です、これぐらいっ」

力こぶを作るように、軽々とビニール袋を持ち上げる深優ちゃん。可憐な見た目に似合わず、体育会系なのかもしれない。

ここは、ホテルから歩いてすぐのプライベートビーチだ。

プライベートビーチとかいうと、プライベートジェットをもってる大金持ちが楽しむような場所に聞こえるけど、ここはホテル付属で宿泊客なら誰にでも開放されてるみたい。

うちは女子高だし、ヘンなトラブルがあってもいけないってことで、プライベートビーチの海水浴場になったのだろう。英断！

おかげでほとんど貸し切りみたいなテンションで楽しむことができる。あたし、北沢高校に入って良かった！

ホテルから借りた道具一式。海を真ん前に見据えた一等地にビニールシートを敷いて、パラソルを差し、これで準備完了。なんの準備かって、そりゃ海を思いっきり満喫するための準備に決まってる。

振り返れば、ちらほら北高生が浜辺にやってきてる。でもいちばん乗りは、あたしたち！

「よっしゃ！」

あたしは羽織ってたTシャツをビニールシートに脱ぎ捨てた。同じように、ショートパンツも。水着はすでに中に着込んでる！

現れたのは、赤いビキニの上下。

「うわ、まりかメチャ気合入ってるじゃん！」

「おー」

ひな乃もカメラを向けてくるから、あたしは得意げにポーズを取った。しょーがないな、トクベツだぞ☆

試着したときは派手すぎるかなって思ったけど、これぐらいでよかった。ピッカピカの太陽の存在感が半端(はんぱ)ないから、このビーチに限ってはどんなに華美な格好でも許される気がする。

あたしたちと同じようにパラソルを差してた他の班の子が、こっちを見て、わーっと黄色い声をあげた。『榊原さん、かわいいー！』の歓声に、あたしは「ありがとー！」とピースサインを返す。

「ほらほら！　みんなも早く、早く脱いで脱いで！」

急かすと、悠愛と知沙希がやれやれと肩をすくめた。

「まりかって、ときどきテンションぶっ壊れるよね」

「わかる」

「いやいや、海だよ⁉　仕方なくない⁉」

「しかたなくなくないね」

そう言って笑った絢が、あたしの隣でパーカーを脱いだ。大きな胸が揺れる。あたしと同じくビキニ姿の絢が、そこにはいた。

くっ！　す、スタイルの暴力……！

ホルダーネックの白ビキニに包まれた絢は、この場で撮影した写真で今すぐグラビア写真集が出せるような眩しさだった。ただでさえ真珠（しんじゅ）みたいに白い肌が、太陽の光に反射して海よりずっと輝いてる。

ここが一般客のひしめく海水浴場だったら、間違いなく即座に浜辺のビーナスと化して、ナンパ待ちの行列ができあがってしまっただろう。

あんま人の体形とかには言及しないのがマナーだけど、いいや、恋人なんだから言わせてもらおう！

「絢、あたしの隣に立つの禁止ね！」

「えっ、どうして？」

「どうしてとかじゃないの！　その、あの、ほら！　あるでしょ、イロイロ！」

あたしは手のひらで自分のふとももを隠す。腹を隠す。二の腕を隠す。隠す手が足りない！

最終的に手のひらで絢の目を隠すことにした。

絢はあたしの手のひらをやんわりと外しながら、微笑む。

「私は鞠佳の脚も好きだよ」

「あたしが嫌いなの！　いや、普段はまあまあだよ⁉　でも今は嫌いだなー！」

浜辺のビーナスが、あたしの頬を撫でる。

「私が好きなだけじゃ、だめ？」

うっ………！　その笑顔は、あたしにも、効く……！

「ううううん……！　だめじゃ……ない！」

「ふふっ」

絞り出すように答えると、絢が幸せそうに笑った。しゅき……♡

後ろから「先行ってるぞ、バカップル」「いってるねー」という、知沙希と悠愛の声が通り過ぎていった。

あんたたちだって、バカップルのくせに！

「絢、あたしたちも泳ぎにいくよ！」

「そだね」

こないだ写真を撮らせてもらったワンピースを着てるひな乃は、浮き輪をがんばって膨らませようとしてた。

一方、深優ちゃんだけはまだ上にシャツを羽織ったままである。

「あれ？　泳がないの？　深優ちゃん」

「あっ、えっと、わたしは……」

なるほど。他の学校の修学旅行に紛れ込んでるんだし、さすがに緊張してるんだな。深優ちゃんはまともな倫理観をもってそうだし。

あたしはどんと胸を叩く。

「心配いらないって！　こんなに生徒がいたら、ひとりひとりの見分けなんてつかないから！　ぜったい！　制服じゃないんだし！」

海に行く前も、もちろん点呼は取られたけど、そこは簡単にスルーできた。

深優ちゃんが気にしてたプライベートビーチの使用権についても、問題なっし。宿泊客と一緒なら遊んでも構わないって、ホームページに書いてあった。

「堂々としてればいいんだよ！」

朗らかな笑顔で力説するも、深優ちゃんはちらちらとひな乃を窺(うかが)ってる。

「うっ……そ、そうじゃなくて！」

　カノジョの視線に気づいたひな乃が顔をあげる。浮き輪は微塵も膨らんでない。肺活量なさすぎか。

「どしたー？」

「……ううう……ひな乃ちゃんも、細いので……」

「え？」

　ぎゅっと固く目をつむった深優ちゃんが、顔を真っ赤にして叫ぶ。

「だってわたし、筋肉質だし！　練習してるのにいっぱい食べるから太っちゃうし！　恥ずかしいよ！」

「ええ⁉　ぜんぜんそんなことないじゃん！　ねえ、ひな乃！」

「うん、恥ずかしくないよ。あたしが細すぎるだけだから」

　それフォローになってるか？

　深優ちゃんは、ひな乃のお腹をさすりながら、恨めしげにつぶやく。

「うう……ひな乃ちゃんは、もうちょっとご飯食べないとだめだよ……」

「めんどくて」

　ふてぶてしい女の華奢な体には、贅肉のひとつも見つからなかった。夏は女の隠し事を、丸裸にする……。

　まったく、ひな乃も絢も……。こいつらには、普段から体形に悩む女の子の気持ちってやつが、永遠に理解できないんだろうな……。あたしはわかるよ、深優ちゃん……。

　肩をぽんぽんと叩く。

「お互い、苦労するよね……」

「うう……はい……」

　あたしたちは心と心で通じ合えた。これが女子の連帯感ってやつだ。

「深優ちゃん、だったら上着たままでいいからさ。ビーチボールとかどうかな？　せっかく海に来たんだし、一緒に遊ぼうよ」

「榊原さん」

「鞠佳でいいよ！　ほら、せっかく友達になれたんだしさ！」

　にっこり笑う。

　すると恥ずかしそうにしてた深優ちゃんも、ちゃんと友達に向けるような笑顔を浮かべてくれた。

「うん……。鞠佳さん、うん、ありがとう」

　よしよし。気にしてることがあるんだったら、それを楽しいことで上書きしちゃえばいいんだ。人間って、楽しいことには逆らえないようにできてるんだから。

　大成功！　とばかりに振り返る。

すると、ひな乃と絢があたしを見て、なぜかため息をついた。

「まったく。すぐ人の女に手を出す」

「鞠佳はほんとに……誰にでも……」

「いやいや、どういうこと⁉」

ただ友達として遊びに誘っただけじゃん⁉　これもだめなの⁉　厳しすぎでしょ！


波打ち際で戯れながらの、ビーチボール。高くあげたボールを交互にトスするだけのものなのに、メチャクチャ楽しい……。

飽きたら適当に泳いで、浮き輪でぷかぷか浮かびながら日光浴をして、それからひな乃指導のもとでとにかく映えを狙った写真をいっぱい撮ったりして。

あたしたちは、海を満喫してた。


「ふいー」

ビーチパラソルの中に戻ってきて、一息つく。

すっかりぬるくなったコーラを口に含んで、甘味の塊を飲み込む。次に海来るときは、ちゃんとクーラーボックスを用意しよう、と心に決めた。

「楽しい……。なぜかはよくわかんないけれど、海、楽しい……」

しみじみ言うと、誰かに聞かれてたようだ。くすっという笑い声がした。

「鞠佳さん、すっごく楽しそうでしたね」

パラソルの向こうからやってきたのは、深優ちゃんだ。

さっきまで恥ずかしがってた深優ちゃんも、今はすっかり気分も盛り上がって、水着姿になってた。フィットネス風の、ショートパンツ水着だ。

そのボディはしっかりと引き締まってて、ぜんぜん細く見えるんだけど、まあ本人が気にしてるのでここは触れないでおくべき。

「まあね、あたしも実は海で半日も時間潰せるわけないじゃんって思ってたんだけど、めちゃめちゃ余裕そうでビビってる。心が小学生男子になっちゃったのかな」

釣られて笑う深優ちゃん。いい感じ。かなり打ち解けてきたと思う。

「深優ちゃんはどう？　ちゃんと楽しめてる？」

「うん、とってもだよ。いろいろと気を遣ってくれて、ありがとうございます、鞠佳さん」

「いやーそんなあたしは大したこと」

せいぜい話題を振ったり、気にかけてたぐらいだし。みんなで遊んでるんだから、それぐらい当たり前だよ。

誰かがつまんなそうにしてると、気になっちゃうんだよねー……なんて、エラそうだから、わざわざ口には出さないけども。

あたしが脚を伸ばしてビニールシートに座ると、深優ちゃんも隣にやってきた。

「でも、びっくりしちゃいました。こんなにひな乃ちゃんと仲良くしてくれる人が、いっぱいいるなんて」

深優ちゃんの視線の先には、シャベルで砂のお城を作ってるひな乃の姿。悠愛と知沙希も、一緒になって遊んでた。高校生になっても砂遊びが楽しいなんて、発見だ。

「中学までは、同じ学校だったって？」

「うん。ひな乃ちゃん、あんまり人と一緒に行動するのが、好きじゃないみたいで。だから、違う高校に行くって聞いたときも、心配しちゃったんです」

「へー」

むくむくと好奇心の種が育ってきた。

あたしは深優ちゃんに顔を寄せて、神妙に問う。

「あのさ、これはあたしの興味っていうか、ひな乃とのこといろいろ聞いちゃってもいいかな？　いやだったらぜんぜん、いいんだけど！」

「ううん、大丈夫ですよ」

優しく微笑む深優ちゃん。育ちの良さそうな笑顔である。

そこにつけこんで、あたしは初手からぶっこんでみた。

「深優ちゃんって、ひな乃のどういうところが好きなの？」

「ええっ⁉」

のけぞられた分だけ前進して、深優ちゃんの顔を覗き込む。

リアクションの大きな深優ちゃんは、その大きな瞳をぱちくりと回して。

「あ、ああーええとぉー……。い、いろいろあるんですけどぉー」

「うんうんうんうん」

「す、すごい食いついてきますね……」

「いやあ、ひな乃の言うことって、いつもほんとかウソかわかんないからさ。ここはもう深優ちゃんにぜんぶ聞いてみようって思って」

キラーンと目を輝かせる。

深優ちゃんは、照れてうつむきながら、つぶやく。

「ひな乃ちゃんって、かっこいいんです」

おもしれーやつの間違いではなく？　茶化す言葉がとっさに浮かんだけれど、飲み込む。この子をからかうのは、たぶんよくないことだ！

「他の人だと勇気が出なくて尻込みしちゃうような場面でも、自分が正しいと思ってたら、簡単にやっちゃうっていうか」

確かに、そういうところはある。ひな乃はかなり、我が道を生きてる。

「わたしはすぐ人の顔色を窺っちゃうけど、ひな乃ちゃんにはそれがないんです。そんなひな乃ちゃんに、わたしは何度も助けられてきて」

深優ちゃんが膝を抱いて、体育座りをする。

「泣き虫だったんです、わたし。転校してきて、誰も友達がいなくて、ひとりぼっちで。そんなとき、ひな乃ちゃんが声をかけてくれて……。今のその、繰り返しみたいで」

とぎれとぎれに語る深優ちゃん。

その眉間には、生真面目な子の特有の、人生を真剣に考えすぎるシワが刻まれてた。

「いつもわたしばっかり、助けられてて……。きょうもこんな風に、ひな乃ちゃんが誘ってくれたから、楽しませてもらって」

「いやー。でもそれって、お互い様じゃないかなあ」

宙に投げたあたしの言葉を聞いて、「え？」と深優ちゃんが振り返ってくる。

「あたしもどっちかっていうと、誘う側だからわかるんだけどさ。誘う側って、相手が誘われてくれるから、軽く声をかけられるんだよね。簡単なんだよ。こっちは事情なんて関係ないんだから。一緒なら楽しいかもってそれだけで、とりあえず聞いてみるの」

ようするに、深く考えてないだけ。

ただしこれはあたしの意見なので、ひな乃が深く考えてたら申し訳ない。でもそんなことないだろうって思ってもいる。

「だから、声をかける側より、かけられた子がちゃんと楽しもうとしてくれるの偉いっていうか、嬉しいっていうか。結局本人のモチベーションだと思うから」

もちろん、楽しませてあげないと！　と、あたしは意気込むけどね。ただ、それで楽しめるかどうかはやっぱり本人次第だ。

つまり、要約すると。

あたしの言葉を理解しようと、ひたむきにこっちを見つめてる深優ちゃんに、告げる。

「甘えてるんだよ、ひな乃は、深優ちゃんに」

「……甘えてる？」

ずばりと指を立てる。

「そう。振り回しても怒らないいし、急に誘っても来てくれるし。どう？　深優ちゃん、心当たりない？」

「それは、そう、なのかも……？」

「うん、ぜったいそう！」

ここぞとばかりに押す。

「深優ちゃんは誘われてあげてるんだよ。ひな乃が甘えん坊だから、仕方ないなーって！

きっとそれが、ひな乃にはすっごく嬉しいと思うんだ」

ほんとのところは、ひな乃がどう考えてるかわからないけどね。

でも、楽しいことがしたくても、周りの人が付き合ってくれなきゃ、それもできない。

だから、誘われてくれた人に、あたしは感謝してる。お互い様の関係だと思ってる。

それに、前にひな乃だって言ってた。

去年のバレンタインデー。

『真面目で、がんばり屋で、優しい。でも意外と意地っ張りで、ワガママで、欲張りで、そういうところもかわいい』

あんな言葉、感謝してなきゃ出てこない台詞だ。

薄い根拠かもしんないけど！　それで今、話してる深優ちゃんの気持ちが軽くなれば、それでいいじゃん！

真面目な深優ちゃんは、それでもちょっとの間、考え込んでたみたいだったけど。

「うん」

陽だまりのように笑ってくれた。

「鞠佳さんって……すごい人ですね」

「えっ、そう？　やっぱり？」

「ひな乃ちゃんって、あんまり気持ちを言葉にしてくれなくて。幼馴染だからなんとなくわかってるでしょって、お互い甘えてるのかもしれないな、って思いました」

「もしかしたら、そういうのもあるのかもねえ」

あたしは、うーん、とうなる。

「でも、ぶっちゃけやっぱ大変だったでしょ……？　ひな乃と幼馴染って」

「それはー……ど、どうでしょう」

　声をうわずらせる深優ちゃん。

「確かに、デートにお財布（さいふ）を忘れて、わたしがぜんぶ出したり……。スマホをなくしちゃったからって、一日中がかりでふたりで探し回ったりとか、いろいろありましたけど……。で、でも、そういう失敗は誰にでもありますからねっ」

「ま、まあ、そうかな？　そうかもね」

　どんな人間だって、欠点がない人なんていない。好きになれば、そんなの些細（ささい）な問題だ。特にひな乃は、あの手この手で恋人を楽しませてくれそうな甲斐性（かいしょう）がありそうだし……。

ただアイツ、同じ口であたしにセフレにならないかって言ってきたんだけど！　それは、まあ！　墓場までもっていくことにしますかね！


　パラソルを離れて、深優ちゃんと飲み物を買いに近くの自動販売機までやってきた。

硬貨を入れて、スポドリのボタンを押す。普段はあんまり飲まないけど、汗かく日はやっぱこれって感じ。深優ちゃんも同じものを選んだ。

「深優ちゃんってさー」

　あたしはボトルに口を付けてから、じゃっかん押し黙る。

「はい？」

そろそろ打ち解けてきたから、いい頃合(ころあ)いかもと思ったんだけど。

こちらを見てきた子に、ほぼ初対面にする話じゃないよなー、という気持ちと、むしろほぼ初対面だからこそ聞ける話もあるんだよなー、の気持ちが天秤(てんびん)で揺れる。

そのときである。

けたたましい叫び声が響いた。

「あーー！　えーーー⁉」

近くを通りがかったのは、夏海ちゃんだった。買い出しの最中だったのだろう、両腕にペットボトルを5本くらい抱えてる。だが、驚いた拍子にすべての飲み物が落ちてごろごろとアスファルトを転がってゆく。

「な、夏海ちゃん？」

「は、花崎選手⁉⁉」

「へ？」

屈(かが)んで夏海ちゃんの落としたペットボトルを拾い集めてると、震える声が飛んできた。

深優ちゃんを見上げる。

「知り合い？」

答えたのはテンパってる夏海ちゃんだった。

「あっ、いえ！　私が一方的に知っているだけで！　花崎選手ですよね⁉　活躍はいつも拝見してます！」

「あ、えっと……そっか。北沢高校ってことは、伊藤さん？」

深優ちゃんの言葉に、夏海ちゃんはピシーンと直立した。

「そ――そうです！　名前知ってもらえてるなんて、嬉しいです！　大会では直接当たることはありませんでしたけど！　あっ、えっと、インターハイがんばってください！　応援してます！」

まるで軍隊みたいにビシッと敬礼して、夏海ちゃんは回れ右して走って行きそうになるから、あたしは「おおーい！」と呼び止めて、飲み物を押しつけた。

そして夏海ちゃんは稲妻のように去ってゆく。あたしはその後ろ姿を目で追いながら。

「そーいえばバド部って言ってたっけ。深優ちゃんってひょっとして、有名選手？」

「ええと、一応……たまに全国行ったり……？」

「えっ⁉　全国⁉　すご！」

全国ってつまり、関東でいちばん強いってことでしょ？　何千人といる中でのトップ……。

あたしは深優ちゃんを上から下まで眺めた。

スポーツ選手って筋肉がものすごいイメージあるけど、深優ちゃんは見た目からぜんぜん想像がつかない。ひょっとして腹筋やばいんだろうか。力を入れると八つに割れたりとか……。

「そ、それより、さっきなにを言いかけたんですか？」

深優ちゃんは恥ずかしそうに、そそくさと話を変えてきた。

うっ、それは。

「いや、その、女の子同士で長く付き合ってるんだよね、深優ちゃんって」

深優ちゃんは小首を傾(かし)げる。

ええい、あんまり回りくどく聞いても仕方ない。

「将来のこととか、考えたりするのかなーって！」

声がうわずる。

「大学とかですか？」

「そ、それもあるけど、その先とかも……」

言葉を濁すしかないあたしに、深優ちゃんはくすっと笑って。

「なるほど、将来のこと」

どうやらそれとなく察してもらえたようだ。

「大学までは、バドミントンを続けるつもりです。ただ、競技者として生活してゆくのは難しいと思うので、なにか好きなお仕事を見つけられたらな、って」

夏海ちゃんから崇(あが)められるほどの実力者なのに、自分はプロになれないとさらっと言ってのける。実際はどうかわからないけど、でも、今まさに一生懸命打ち込んでるものに対して、そんな冷静な意見を言うのは難しいと思う。

「なんか、大人だね、深優ちゃん」

「そんなことはないですよ。将来のことでいうなら、ひな乃ちゃんのほうが、もう自分の進む道を決めてますから」

「ひな乃は、そのままショップに就職するとか？」

「とりあえずは、そうみたいです。その後にも、いろいろたくさんやりたいことがあるって聞きました」

あたしは、握ったペットボトルを首筋に当てながら、口を開く。

「そういうのってさ、なんか、焦（あせ）っちゃったりしない？　自分だけまだなんにも決まってないってさ」

「そうですね。あるかもしれません」

あたしより遙かにカノジョと付き合った歴の長い深優ちゃんは、ぜんぜん動揺もしてなさそうに言う。

そのしっかりとした態度を見て、あたしはこの先の話も聞いてもらいたくなった。

「あたしさ、だからとりあえずいい大学に行こうと思ったんだよね。将来、困らないようにしたくて。もちろんそれだけがすべてじゃないけど、なるべく確率はあげておきたいじゃん？　けど、今から半年も勉強漬けでがんばるとか、けっこう自信なくて」

クラスでは滅多に口にすることはない、絢の前じゃ間違っても言えない、あたしの弱音。

なんとなく、深優ちゃんならきっとマジメに答えてくれるだろう、と思った。

「そこまで自分を信じられないっていうか。普段も試験前とかに勉強はするけど、それもせいぜい2週間ぐらいだし……。っていうか！　半年も相手を放置するとか、たぶんムリだし！遊んじゃうだろうし！」

あたし、欲望に勝てないのかもしれない。思えば人生、負け続けてきた気もする……。

「深優ちゃんって、どうやって自分を制御しているのかなあ、って……」

なにか精神的な鍛錬方法があるなら、伝授してほしい。

部活にもちゃんと取り組み、全国大会レベル。その上、あのひな乃と小学生から付き合ってる深優ちゃんなら、あたしを救ってくれるだろう。（大げさ）

「あ、あんまり制御とかはできてないと思いますけど、そうですね……」

深優ちゃんはあたしのふわふわな話題に対しても、真剣に考え込む。

「人生の密度って、一定じゃないと思うんです」

「え、それなに。むずかしい学問のお話？　相対性理論的な……？」

ぽかんとして深優ちゃんを見返すと、深優ちゃんが慌てて手を振る。

「ち、ちがくて。その、考え方的な意味で！」

話の腰を折ってしまったようだ、どうぞどうぞと先を促す。深優ちゃんはちょっと言いづらそうに口を開いて。

「スポーツって、なんでもそうだと思うんですけど、たった一日の試合のために、その何百倍も練習するじゃないですか。それってたぶん、時間対効果はあんまりよくないっていうか」

最近、流行のタイムパフォーマンス——タイパってやつだ。わかる。

「でも、試合に勝ったら確かに報われたって思えて、これからの人生もぜんぶ、あそこでがんばれたから今の私がいるんだ、って……そんな風に、考えられるようになったり。その繰り返しが、自信に繋がったりして……」

徐々に、深優ちゃんの語りにも熱が入ってゆく。

「鞠佳さんも、この先のことを考えれば、きっとがんばれると思いますよ！　きっと！」

「これからの、人生……」

あたしは深優ちゃんみたいにそんな立派なことを考えられないけど、でも、たぶんここでがんばれなかったら、後悔するんだろう。

ボタンひとつの掛け違えみたいに、もしそれがきっかけで絢と別れることになったら……。

ぎゅっと拳（こぶし）を握る。

「なんか、うん。なんとなく、深優ちゃんの言いたいこと、わかった気がする」

あたしは頭を下げる。

「ありがと、話聞いてくれて。あたしこういうの、あんまり人に話すの苦手っていうか、そもそもまともに受け取ってくれる人が少ないっていうか……」

「そ、そうなんですか？」

「密度の話、面白かったよ。あたしも、これからのためにがんばらなくっちゃ。今より未来……今より未来、だね！」

たった半年が、その後の一生を決めるっていうなら……ていうか、ここまで自分を追い詰めることができたなら！

きっとがんばれる気がする！

「よし！　ねえ、深優ちゃん！　連絡先交換しよーよ。東京帰ってからも、一緒に遊びに行こ！　受験終わったらとかになっちゃうかもだけど！」

深優ちゃんは目を丸くしながらも、こくこくとうなずく。

「う、うん！　わたしも、嬉しいです。ありがとうございます、鞠佳さん」

「ありがとうじゃなくてさ、ほら」

ちょいちょいと指を回すと、深優ちゃんは「えぇぇ……」と細い悲鳴をあげた後で、恥ずかしそうに腰に手を当てた。

「じゃ、じゃあ、誘われてあげます、からね！」

「あっはは、ありがとー！」

「もー！」

あたしはぎゅーっと深優ちゃんの体を抱きしめる。

本人は筋肉質だって言ってたけど、ぜんぜん柔らかいじゃん！

その瞬間、気配を感じた。

「はっ」

深優ちゃんの体越しに、絢がいた。

こっちをじっと見つめてた。

こわいよ！

「鞠佳」

「いや違くって！　これはノリで！」

「ちょっときて」

手を引っ張られる。

「違うんだってば！　あはは、深優ちゃんまた後でね！」

「う、うん。いってらっしゃい」

深優ちゃんは急に引っ張られてゆくあたしのことを、いったいなんだと思ったのだろう。

せっかく仲良くなれそうなんだ。いつか、あたしとこの子が付き合ってるという話も、できればいいな。

「…………鞠佳」

そのときまで、あたしが生きてたら……ね！

そうして連れてかれた先は、少し離れた岩場だった。

ビーサン履(は)いてないと怪我(けが)しちゃいそうなところを、おっかなびっくり歩いてゆく。

「浮気(うわき)とかじゃないってばー」

なんかもう、言い訳すらダルい。友達相手に抱きつくとか、女の子同士なら普通にやるもんだし。そりゃ絢の気持ちを考えてなかったでしょと言われたら、それもわかるので、お仕置きは甘んじて受け入れるつもりだけど……。

「べつに、きにしてないよ」

「ほんとにー？」

「うん、べつに。それはそれ、これはこれ、だから」

絢の言葉に、嫌な予感を覚えた。

待てよ。これもしかしたら、お仕置きとかじゃないかもしれない。

手を引っ張られながら、前を歩く絢の背中からお尻にかけてのラインに、目を落とす。

「……ひょっとしてコレって、あの、思い出作りの、やつ？」

「うん」

「そんな……」

「むしろ」

手頃な位置までやってきたのか、絢は足を止めた。

「どうしてきょうはやらないって、思ってたの？」

「え……だって。昨日、絢にやられて、そしてあたしがやり返して、なんかこう、丸く収まったじゃん、的なっ」

にこぱっと笑うと、絢は笑ってなかった。綺麗な澄まし顔。

「私は勝負でやってるつもりはないんだよ。ただ単純に、鞠佳と高校生活の思い出を作りたいだけなんだから」

「きれいなことを言えば、あたしが丸め込めるとでも思ってるのか⁉　やってることはただのドヘンタイプレイじゃん！」

辺りには人気がない。この辺りはどうやら、プライベートビーチの中でも、特に人に見つかりにくいスポットのようだ。

「こんな場所、いったいいつの間にリサーチしてたの……」

「昨日、鞠佳が白幡さんに呼ばれてホテルのロビーに向かった後、ぶらぶら散策してた」

「夜にひとりで出歩くとか、危ないでしょ！　もう！」

いったい自分がなにに怒ってるのかもわからなくなってきた。

絢の手がぴたりと、あたしの胸に添えられる。ひぃ。

至近距離から、絢の顔を覗き込む。

「い、いいの……？　また夜に、やり返しちゃうよ……？」

絢は真剣に、あたしを見返す。

「うん、いいよ」

顔を近づけてきた絢が、あたしの首筋にキスをする。

「ふふ、しょっぱいね」

「そりゃ、まだシャワーも浴びてないからね……」

「海にきたって感じ」

絢は小さく桃色の舌を出して、微笑む。

熱い日差しの下でも、少しも陰ることのない絢の美貌。むしろ光に照らされて、より魅惑的に映えてる。

「鞠佳が、何年経っても思い出せるように——」

そう言って、絢はあたしの水着をめくりあげた。

「うわっ……」

思わず声が出た。胸が風に触られるなんてこと、普通はありえない。

プライベートビーチとはいえ、ここは野外。

岩場の陰に隠れながらも、あたしは上半身を露出してしまってる。

「絢、ほんとに……？」

「ほんとだよ。私はぜんぶ、ほんと」

絢の顔が胸元(むなもと)にうずまる。舌が、あたしの胸を舐(な)める。

「へんなかんじするー……」

「そう？」

あたしの胸の先端を、絢が口に含む。きゅううと身体の奥が絞られる感覚。

突起を舐め転がされて、あたしは思わず固く目をつむる。

岩場に当たる波の音。それに混じって、遠くから女子高生たちのはしゃぐ声。

だめだ。今ですらやばいのに、目を閉じてると、さらにやばいことしてる気分になる。

「ね、ねえ、絢……やっぱり……」

この期に及んで怖じ気づくあたしに、絢がキスをしてくる。

反射的に舌を絡めてしまう。絢の舌は、潮騒(しおさい)の味がした。

「だいじょうぶだよ、鞠佳。私、ちゃんと手を洗ってきたから」

「それって、どういう」

またキスをされる。柔らかな唇が、あたしを何度もついばむ。

抵抗の意思まで食べられてるみたいだった。

そんな風にされてるうちに――。

「だから、だいじょうぶ」

「い、いやいや……さすがに、それは……！」

絢はなんと、ビキニのボトム部分をも脱がせてきた。

はらりと岩場に落ちる、あたしの真っ赤なビキニ。

ついでに肩紐なんかも絢に外されて……。

……うわあ……。

こうしてあたしは正真正銘、お外で全裸にさせられてしまったのだった。

「なにやってんのよ、絢ぁ……」

「ごめんごめん、鞠佳」

まるで待ち合わせに遅刻してきたカノジョみたいに、あたしの頭をぽんぽんと撫でる絢。人を剥いておいて、その態度は軽すぎるでしょ……。

「いまのきもちは、どう?」

「恥ずかしすぎて、死にそぅ…………」

あたしの頭はきっと、色づくのなら真っ赤に茹だってることだろう。

物心ついてから、お外ではだかんぼになるなんて、初めてだ……。

「腕で隠しちゃだめだよ。ほら」

「そんなルールなーいー……」

ごねるあたしの腕をつついて、絢が「ね」と言い含めてくる。

こんなところで裸になってるのに、今さら隠したって仕方ないとは、あたしだって思うけど……。でも、この恥ずかしさは過去一かもしれない。

余裕なさすぎて、思考が働かなくなってきた。

「みせて」

「ドキドキしすぎて死んだら、化けて出てやるからね……」

「うん、いいよ」

あたしはこわごわと腕を後ろに回した。

「ドSド外道ドヘンタイ女……」

口ではそう言いつつも、この現場を見られたら、ドヘンタイは果たしてどっちか、という話だ。目の前の綺麗な女の子と、沖縄の海で全裸にされてる女子高生のあたしと……。

「すごく、きれいだよ」

あたしは涙目になりそうで、ぐっと目に力を込めて絢を見返す。

「……もっと褒めて」

「ふふっ」

せめて褒めてもらわないと割に合わないとばかりに、拗ねた口調でホメを求めると、絢に笑われた。誰のためにやってると思ってんの……。

絢が優しく微笑む。

「きれい、とってもきれい。鞠佳の裸、どんな女の子よりもいちばんきれいだよ。みとれちゃう。きれいで、かわいらしくて、最高のカノジョだよ」

「そんな子をいいなりにできて、さぞかしきぶんがいいでしょーね……」

花占いで花びらをちぎる子どもみたいに、絢は無邪気に目を細めた。

「うん、ほんとに」

このぉ……。

絢の首の後ろに腕を回し、至近距離から睨(にら)みつける。

あたしはせめてもの反撃のつもりで、絢の口内に舌を突き入れてやる。絢の唇の周りを唾液まみれにする勢いで、貪(むさぼ)るようなキスをする。

「はぁ、はぁ……こ、このっ……」

もちろんそんなことで絢は怯(ひる)んだりせず、あたしの抵抗なんてさざ波程度にしか思ってなさそうに微笑む。

「まーりか」

「なに……って」

あたしの身体を横から抱きしめて、片方の手を腰に回してくる。もう片方の手は、あたしの脚の間に入り込んでた。

「……も、もしかしてだけど」

「うん」

「これって、もしかして……そのまま、ここでする、ってこと……？」

そんなの、人気のない岩場に連れ込まれた時点で、決まってたんだろうけど。

でもほら、昨日はリモコンローターつけさせられただけで、本番はしなかったわけでさ。

だったらきょうも、はい水着脱いだから終わりーって可能性もさ――。

絢の返事は言葉ではなかった。

あたしの腿をぐいと開かせてきたのが、答えだった。

「ま、まって、絢、それ今されたら、やばいから――んうっ♡」

絢があたしの下半身の大事なところを、つつつと撫でる。

コップに付着した結露をなぞるような指先に、あたしは過剰に反応してしまう。

「やっぱり。すごくできあがってるね、鞠佳。どうしてかな」

「これはぁ……」

なにもかも、言い訳でしかない言葉が、五月雨のように流れ落ちてゆく。

その中で、あたしは二番目に恥ずかしい言葉を口に出してた。

「だって、結局……き、昨日は、絢にしてもらえなかったし……」

「そういえば、そうだったね」

絢があたしの額に、優しくキスをする。

耳元に、ささやき。

「ごめんね。昨日は、私がしてもらうばっかりで。そうだよね、鞠佳のこときもちよくしてあげられなくて、ごめんね。だから……」

そう言って、絢は自分のビキニの胸の中から、小さな包み紙を取り出した。

「それって……」

「うん、鞠佳のこと、きもちよくするためのゴムだよ」

言い方が、いやらしい……。

「海にまで待ってきてるなんて、確信犯じゃん……」

「ふふふ。だって水着姿の鞠佳、すっごくかわいかったから」

フィンドムの包みを破って、中指に巻きつける絢。

その手を、あたしの下腹部にもってゆく。

「あっ……♡」

皮膚を撫でられ、それだけで声が漏れる。

今から気持ちよくするね、と宣告するかのように、腕が固定された。

ふぅ、ふぅ、とあたしの息が荒くなる。

絢は色気のある笑みを浮かべて。

「そう、だから仕方ないよね。学校のときみたいに、お外でこんなに鞠佳が発情しちゃうのも、きのう私がしてあげなかったからなんだよね」

「そ……そうだよ、もちろん……」

「じゃあ、いっぱいしてあげないと……ね」

つぷ……と、絢のユビが、あたしのナカに入ってくる。

き、きたぁ……。

内臓が圧迫され、ついでに「あぁ♡」と甘い声をはき出してしまう。

「私とちがって、鞠佳はヘンタイじゃないもんね」

「うん……♡」

「なのに、いつもよりいっぱい濡れてるよ、鞠佳。どうして？」

意地悪な絢の言葉にも、逆らう気がまったく起きないほどに。

ずりゅずりゅと動かされるユビに、あたしの神経は支配された。

「き、きもちいいからぁ……」

わけがわからなくなるほどの快感が、脳をくらくらさせる。

沖縄の太陽みたいに、強すぎる。次の瞬間には、もう真っ白になってしまいそうだ。

ここが世界にたったふたりの楽園。もしそうだったら、どんなにいいことか。思いっきり声を出せる。あたしたちの交わりだって、きっときれいなままで夢中になれるのに。

現実は、風に乗ってすぐ近くからクラスメイトたちの笑い声が聞こえてくるような、海水浴場で、あたしは誰かに見つかったら捕まっちゃうような格好にされてて……。

なのに、なのに。

それがあんまりにも、バカになっちゃうぐらい、きもちがいいだなんて——。

どうかしてる。ほんとに。

「いいこだよ、鞠佳。いいこいいこ」

「ううう……。ふうぅ……」

絢のなでなでに、あたしが返せるのは乱れた呼吸ぐらい。

「きょうはすごいの、してあげる」

絢がくいと手のひらを折り曲げた。なでなでは、ぐしぐしになり、ぎゅうぎゅうとあたしのナカをこすりあげる。

さっきまでのきもちよさが、今度はお腹全体に広がってゆく感覚があった。強い刺激には変わりないのに、その強さが一か所じゃなくて、周辺からもわきあがってくるっていうか。

こんなの知らない。

「やっ、そ、それっ♡」

「すごいでしょ。きもちいいところが、いっぱいあるんだよ。女の子には、ね」

決して指使いが激しいわけじゃない。なのに、きもちよさの波が溺れるほどに高い。

「あ、あやぁ」

あたしは絢の身体にしがみつく。だめだ。ガマンなんてできない。

「いいよ、鞠佳」

絢は意地悪せずに、あたしに優しく微笑んだ。

「いっていいよ。きのうから、さみしかったんだもんね。いっぱいかわいい声、きかせて」

「んんんんぅ～……」

あたしは唇から嬌声をこぼさないように、必死に口を閉じながら達した。

硬直から弛緩（しかん）。全身が震えて、目の端から涙がこぼれる。

「はぁ……はぁ……はぁあ……」

「きもちよさそうにしてくれて、うれしいな」

弾む絢の声。

……それが絢の本心だってのは、わかってるけど……。

あたしのことを、はだかにして、こんなビーチで容赦なく責めてくる恋人の言葉にしては、ちょっとヒドいと思う……。

「絢のくび、かんでやる……」

「別にいいけど」

いいんだ。

じゃあ……と、首筋に口をつける。その白い肌に、歯を立てようとしたところで。

「……まあ、いっか」

しぼんだ言葉が気になって、柔らかな肌を舌でなぞりながら、問い返す。

「なによぉ」

「ううん。ただ、私と鞠佳がいなくなって、しばらくして戻ってきたときに、私の首に噛(か)み痕があったら、みんなどう思うかなっておもっただけ。それだけだから、べつに」

あたしは絢の頭にチョップした。

「いたい」

「ぜんぜんよくないじゃん！　大問題だよ！」

「鞠佳、こないだからちょっと乱暴だよ」

「あたしだってやりたくてやってるわけじゃないっての！　言葉で躾けられないんだから、しょうがないでしょ！」

「たしかに」

「あっ、こ、こらぁ♡」

絢はあたしのナカに入れっぱなしだったユビを、ほんの少しだけ動かす。

まるでそれがおいしいエサだとわかってるみたいに、あたしのナカがきゅんきゅん♡と悦び、吸いついてゆく。

ちょ、ちょっとは、こらえてよ！　もう！

一度、同じ場所で達したことで、きもちよくなるコツを摑んでしまったのか、あっという間にのぼりつめてゆく。

それは、絢にも見抜かれてたみたいで。

「鞠佳は、きもちよくなるの上手だね。かわいい。すっごくかわいい」

「ち、ちがうの！　わ、わかるでしょ♡」

あたしの言いたいことをくみ取った絢は、口の端を緩ませる。

「そうだね。鞠佳はときどき、こういう日があるよね。なんどもなんども、きもちよくなれちゃう日。どうしてだろうね」

またそうやって、すぐ意地悪言う。

あたしを責める手は、止めないまま。

「体調とか、いろいろ、あるのっ♡」

「そうだよね。あとは……いつもと違った、とくべつなシチュエーション、とか？」

「ロマンチックな、ホテル、なら、そうかもねっ」

息を切らしながら答えるんだけど、もうそろそろ気を逸らすのも、限界。

「ふぅん……じゃあ、ここって、鞠佳にとってはロマンチックなホテルと一緒なんだ？」

「あやのばかっ♡」

あたしは、ぐぅぅとうなる。

絢は、あたしの目にかかる前髪を指で払って、優しく微笑む。

「ごめんごめん。いじめすぎちゃったね」

「あやなんて、きらい♡」

柔らかな唇が、あたしを慰めるようにキスを繰り返す。

「じゃあ、また好きになってもらえるように、いっぱいがんばるから」

またさっきの、きもちいい部分を圧迫してくるやつぅ……♡

だめだめ。ぜんぜん耐えられない。

つつけばすぐ割れるような風船が、しかし割れずにどこまでも膨張してゆくみたい。

ぱんぱんに膨らんだ快感から降りてこられない。こわい。

「や、やば♡　やばいぃ、あやぁ♡」

足指に力を込めて、赤ん坊みたいにぎゅっと手のひらを丸める。絢のユビ一本に、あたしの全身が支配されてる。

絢の慈悲を乞うみたいに、あたしは首を横に振る。

「だめだめっ、だめだから♡　ねえ、ねえって♡」

「最近ようやくね、鞠佳の、ほぐれてきたんだよ」

「あぁぁぁ♡」

「前は、きゅう～～って、いっぱいいっぱい締めつけてきて、くるしそうだったのに。この頃は、ちゅうちゅうって、吸いついてくるみたいなの。わかる？」

「わかんない♡　わかんないよぉ」

「ふふ……鞠佳もきもちいいこと、覚えてきたってこと」

「ううぅ、あやぁ♡」

ひとりですることもあった外側の敏感な部分と違って、ナカはほんとに絢しか知らないところだ。だからきっと、絢がそう言うなら、そうなってるんだろう。

実際、初めての日から、もう何度も絢の指を味わってきたけど……きょうは、いつもとなにかが違う気がする。

ぞりぞりとこすりあげられる感触が、ダイレクトにお腹に響くっていうか、そのまま脊髄を駆け抜けて脳まで一直線に目の前をチカチカさせてくるっていうか……。

わからない。ただ、これがぜったいに自分ひとりじゃ味わえないきもちよさだってことだけは、わかる。

「ほら、鞠佳。ゆっくり息をすって、はいて……。ちゃんと息しながら、きもちよくなろうね。ほら、またいっちゃうね、鞠佳。いいんだよ、きもちよくなって」

一切の段差なく、スムーズに導かれてゆく。膨れあがる快感に少しでも身を任せてしまえば、あとは一瞬だった。

「～～っ♡」

あたしは絢の水着のホルダーネックを思い切り握りしめて、声を出さずに震えた。

きもちいいのに嫌だ。きもちいいのに否定したい。

だって、あたしの身体がこんなにも素直に反応したら――さっき絢が言ったみたいな、学校でムリヤリされたときのように――もう、自白しちゃってるのと同じだから。

あたしは、外で絢に好き放題されて、それがきもちよくてたまらないヘンタイなんです、って。そう全力で叫んでるのを、ぜんぶ絢に聞かれちゃってる。

こんなのってない。

「ちがうの……♡」

「なにが?」

「あたしは……絢のことが、すき……だからぁ♡　ただ、それだけでぇ……♡」

ろれつの回らない舌で必死に言い張るんだけど、そこじゃない口がさっきから何度も『絢のえっち好き♡　だぁい好き♡』って、ちゅぱちゅぱ甘えてて、もう説得力なんて皆無。

ばかみたいでいやになる。もっとしてほしい。きっとどっちも本心なんだ。

「あ、また。ほんとに好きだね、鞠佳。恥ずかしくてきもちいいのが」

絢をぜんぶ受け入れちゃえばいいのに、あたしは駄々をこねるみたいに首を横に振る。

「そんなわけ、ないぃぃ♡」

「ほら、とろっとろ。私の手のひらにあふれて、地面にもぽたぽたたれちゃってる。いいよ、このまま気の済むまできもちよくなろうね」

絢がさらに手の動きを激しくする。あたしは目隠しプレイで絢をいじめて調子に乗ってたことなんてすっかり忘れて、絢の身体にしがみついてた。

最初からあたしが、絢に勝てるはずがなかったんだ。

当たり前だ。絢はあたしを愛してるから、あたしがしてもきもちよくなってくれるだけで。そもそもあたしの身体に一からきもちよさを刻み込んだのは絢なのだから。

スタートラインがぜんぜん違う。あたしはこれからも永遠に勝てない勝負を、絢に挑み続けるしかないのだ。

またくる、またくる。あたしのいちばんきもちいいところを、あたしのいちばん好きな方法で、あたしのいちばん好きな子がしてくれる。そんなの、だめにきまってる。

まるでトドメを刺すように、絢があたしにささやく。

「とことんまんぞくさせてあげる、鞠佳。思い出に残るぐらいに、ね」

絢はほんっとに、ずるい。

こんなにも徹底的に落とされてさ。あたしが絢と対等でいるためにどれだけがんばってるのか、ちょっとはその努力をわかってよ。

ねえ。

「……ぁ♡」

「きゅっと締まってる。またいっちゃったね、鞠佳。そんなに気に入ったんだったら、東京に帰っても、お外でする？」

「やらぁ……♡」

あたしはピンク色に染まった意識の中で、ふるふると首を横に振り続けた。

沖縄の海で裸にされて、絢に徹底的にもてあそばれてる、かわいそうなあたし。だけどきっとその顔は、ずっとずっと幸せそうにとろけてたんだろう。

ふつーが好きで、ふつーでいいっていつも言ってるのに……。あたしにヘンなことばっかり、教えないでよね、絢……。

＊＊＊

あの後──『あの』というのは、野外露出プレイであたしの意識が吹っ飛んじゃうぐらい絢にイカされ続けた後、という意味なんだけど（怒）──夕日が落ちてくる前に、あたしたちは退散した。

素知らぬ顔でみんなに合流しても、誰も『どこに行ってきたんだ？』と聞いてこないのは優しさだろうか。あるいは……。

いやいや。疑い始めると、すごい怖いから！　そう、どうせ絢とイチャラブしてたんだろ？　って思われるのはいい。仕方ない。野外でシてたことさえバレなければ……。

ホテルに帰って、夕食を済まし、軽くシャワーを浴びて。

そして夜。

昼間の絢のターンが終わり、あたしのターンというわけだ。

あたしたちは外に出て、プライベートビーチをふたりで歩いてた。


「夜の海」

「うん」

手を繋いで、絢とふたり、浜辺を歩く。

昼間とは打って変わって、静寂に包まれた海辺。

月明かりが白い砂浜を照らしてるから、そこまで暗くない。転ぶ心配もなさそう。

Tシャツ一枚でもじゅうぶんな熱帯夜に、今が6月であることを忘れちゃいそう。

「んー……肌あっつい。めちゃくちゃ日焼けしてそうー」

ちまたで評判の日焼け止めも、さすがに半日の海で、肌を守り切ることはできなかったみたい。明日からがちょっと心配。あんまりヒリヒリしないといいな。

「……それで」

「ん？」

絢は硬い顔をしてた。注射される前みたいに。

「ここで、なにをさせられるのかな、って」

あたしは意地悪そうに笑う。

「さーてなんでしょー」

昨夜したのは、目隠し言葉攻め羞恥プレイ。お仕置きがエスカレートしていくのなら、今夜の内容はさらに過激なものになるだろう。

「緊張してきた？」

その問いには答えず、絢は難問クイズに挑むように顎に手を当てる。

「お外だよね」

「そ」

「ということは」

それしかないとでもいうような顔で、極めてマジメに言い放ってくる。

「首輪をつけられて、野外お散歩わんわんプレイ、かな」

「なんて⁉」

自分の推理を披露する探偵みたいにかっこいい横顔で、唐突にわけのわからないことをつぶやく絢。こいつ、実は楽しんでないか？

「残念だけど、絢の予想は当たらないと思うよ」

「そんなにすごいことするの……？」

信じられないという目で見られた。遺憾です。

「いいから、行ってみればわかるから。こっちこっち」

「う、うん……。もしかして、私の知らないうちにトワさんとかバーの人たちに連絡とったりしてた？」

「別に入れ知恵とかされてないから！」

そりゃ、バーの人たちに聞いたら、ほんとエグいこと教えてくれそうだけど！　でもその場でドン引きするだけで『そっか、あたしも絢にやってみよ☆』とはぜったいならないよ。

「そっか。鞠佳がひとりで考えたんだ」

「そうだよ」

「……なら、むしろ感動しちゃうかも。鞠佳もついにここまできたんだ、って」

「なんでだよ！」

教え子の成長を見守ってきた先生みたいな言い方をするんじゃないよ。

「初めてする前は、コウノトリが赤ちゃんを運んできてくれると思ってた、あの鞠佳が」

「そんな高校二年生がいるわけないでしょーが！」

こいつ、どこまで素で言ってるのか、ボケてるのか。絢の手のひらの上で踊らされてる気分になる。別に、嫌ではないけども……。

しばらく、そんなボケツッコミをしながら歩いてると。

「おーい！」

街灯の下、遠くから手を振る影があった。悠愛だ。

繋いでた手を離して、手を振り返す。

「ごめんごめんー、お待たせー。いこいこ、絢」

隣にいる絢が、顔をこわばらせてた。

「まさか、今夜はほんとに人前で……!? そんな……レベル高い……」

「違う！」

なるほど、ここまでやれば絢もビビるのか……と思いつつも、あたしは大きく首を横に振る。

絢をビビらせるためだけに、あたしは友達の前で一生分の恥を築き上げるつもりはない。

明確に否定すると、絢は頭にハテナマークを浮かべた。

「でも、そうじゃないのに、三峰（みつみね）さんがいるのは……？　どういうプレイ……？」

「ふっふっふ」

戸惑う絢に、意味深な笑みを見せる。

先に来てた悠愛と合流すると、あたしは足下に置いてあるバケツを持ちあげてみせた。

「じゃーん」

さらに悠愛が、絢に中身の膨らんだビニール袋を見せつける。

「じゃーん」

「……？」

まだ絢はわからないらしい。きっと頭の中に何十という、いやらしいプレイ内容を思い浮かべて、照合してるのだろう。その思考回路では、何年かかっても正解にはたどり着けまい。

女子高生が夜の海に集まってやることなんて、ひとつしかない。

あたしは完全勝利した気分で、告げる。

「花火だよ、花火！」

「はなび」

悠愛がビニール袋を開くと、そこには買ってきた花火がたくさん入ってる。お土産代とは別に、バイト代を惜しみなくつぎ込んだ大量の花火だ。

「それは……いいの？」

楽しそうに笑うあたしたちに水を差すまいと、おずおずと絢が辺りを見回す。

もちろん、人にわざわざ迷惑をかけるつもりはない。

「プライベートビーチだから、ちゃんとお片付けすればオッケー。後から先生も来るし」

「先生まで……」

ホテルのビーチで花火がＯＫと知ってからの、あたしの行動は早かった。せっかくなら人数多いほうがいいだろうと、クラスのグループに一括でメッセージを流しておいたのだ。参加資格は5人につきバケツひとつと、花火一袋。花火自体は、沖縄の店で割とよく売ってた。と、絢に説明してる間に、がやがやと団体さんがやってきた。うちのクラスの人数をゆうに超えてる。

「いや、多いな！」

なんか人数膨れあがってないか？

「他のクラスにも、伝わってたみたいだな」

花火会場のビーチまでみんなを案内してきてくれた知沙希がやってきて、そう言う。

「マリ、これじゃ誰が誰だかわかんないぞ」

「まあ、いいんじゃない？　来てくれた人を追い返すのって、メチャ感じ悪いし」

それに、もともと多いほうが楽しそうって言ったのは、あたしだし。

「ひな乃は？」

「ホテルで寝てるって。ほんとかウソかは知らない」

「やめなさい」

恋人にはそれぞれの過ごし方がある。そこを邪推（じゃすい）しても仕方ない。

知沙希が肩をすくめてから、集団に向かって声をかける。

「みんな、ちゃんと片付けはしろよー。あと貴重品の管理もなー」

ぱらぱらと『はーい』という声が飛んできた。ん、なんとなく大丈夫そう。

「よし、じゃあ勝手に始めよう」

あたしは早速、ろうそくにチャッカマンで火をつけて、地面に突き立てる。

手持ち花火の袋を開封し、そのうちの一本を絢に手渡した。

「はい！」

「う、うん」

まだ戸惑ってる絢を、強引に押し切る。

「修学旅行の思い出、作ろうね！」

あたしは花火の先端をろうそくの火に、突き入れる。

火花が散り、潮風（しおかぜ）に火薬の匂（にお）いが混じった。


海に映り込んだ月が、遠くでゆらゆらと漂ってる。

夜の砂浜にはいくつかのグループが貝殻みたいにぽつぽつとあって、思い思いに花火を楽しんでる。あたしと絢もそのうちのひとつだった。

みんなでいるのに、ふたりきり。

「……ここで、するの？」

絢がどこか居心地悪そうに問いかけてくる。

手に持った花火の炎を、なぜだか頼りない眼差(まなざ)しで見つめてる絢。

あたしは「ううん」と首を横に振る。

「しないよ。一緒に花火してほしかっただけ」

手持ち花火の火が、小さくなって消えてゆく。

「それがきょうのあたしのお願い」

「……どうして？」

あたしは燃えカスとなった花火の棒を、水の張ったバケツに突っ込んでから、新しいものを取り出す。三色の色が次々と変わる花火だ。

絢に近づいて火をもらう。

じゅっと火がつき、パチパチと鮮やかな光が輝く。

「だってさ」

花火じゃなく、照らされた絢の横顔に向けて、口を尖(とが)らせて答える。

「あんまりえっちなことばっかり言ってたら、ほんとにあたしがそればっかりのやつみたいじゃん。あたしはちゃんと言ったでしょ。普通でじゅうぶん幸せなんだよ、って」

「……鞠佳」

絢の瞳が、あたしを映す。

「あたしはそれを証明したかっただけ」

「……うん」

横に立つ絢が、あたしとの距離を縮める。

まるで甘えるように、寄りかかってくる。

ドキッとする。誰かにバレないかとちょっと心配になって、でも花火を楽しむ子たちからは、遠目じゃ誰が誰だかわからないだろうと、心を落ち着かせた。

「ほら、今年の夏は遊べなさそうだからさ。夏にやるつもりことを、先にぜんぶしておきたくて。時間があったらお祭りとか、花火大会とか行ってみたいけど。でもほら、あたしもけっこう志望校を無茶しちゃったし……あんまり遊べないかも、だし……」

丸半年も勉強に打ち込むなんて、自分の人生で初めてのことだから、やり遂げられるかどうかまったくわからないけど。でも、目先の欲に負けたくない。

普通で幸せって、贅沢な言葉だ。幸せなのに普通だなんて。こんなのが普通だったら、普通じゃなくなった途端に不幸せ真っ逆さまだろう。

だから、これからも普通でいるために、がんばりたい。絢との人生がかかってるんだから！

「ね、だから、今は余計なこととか考えないでさ！　ぱーっと楽しもっ！」

声を弾ませて、絢に笑いかける。花火をくるくる回して夜暗(やあん)に光の軌跡を描く。

そうしてると、絢がぽつりとつぶやいた。

「私、むかしにね。一度だけ、花火したことあるんだ」

「そうなんだ?」

「うん。母と……もうひとり、家族がいたころ」

「それって」

質問の虫をお腹に隠して、絢の言葉を待つ。

絢の花火が燃え尽きて、あたしの花火も消えかける。

そこで、絢が袋から線香花火を持ってきた。あたしの花火から火がうつって、切なげにぱちぱちと爆ぜる。

「母と当時、つきあってたひと。やさしくて、いいひとだった。一緒に花火をして。すっかり忘れてたのに、おもいだしちゃった」

「そっか」

消えた花火の代わりに、あたしも線香花火を持ってきた。つまんだ線香花火にチャッカマンで火をつける。

頼りない火花が風で消えてしまわないように、あたしたちは、その場にしゃがみ込んだ。

わずかな沈黙。あちこちから、女子たちの笑い声が響く中、こんな小さなことを聞くのにも、なぜか勇気が必要だった。

「絢……今、楽しい?」

「うん」

はにかんだ絢が、無邪気に笑う。

「たのしいよ、鞠佳。きっと、ずっと忘れない」

なぜか恥ずかしくなって、絢を見れなかった。胸が熱い。

「そ、そっか。それなら、目的達成かな……」

花火をつけるたびに、あたしの中に消えない絢への想(おも)いが募ってゆく。そして、花火が消えるたびに、まだ来てもいない夏が終わってゆくみたいだった。

はぁ、と熱い息をはく。

「あーあ。明日、東京に帰りたくないなー」

ゆったりと押し寄せてくる波の音を聞きながら、うめく。

「3泊4日じゃ足りないよー。10泊ぐらいのんびりしたいー」

「ふふ」

絢が目を細めて笑う。

「ちょっと物足りないぐらいが、ちょうどいいのかもしれないよ」

「そういうものかなあ」

「だいじょうぶ。次があるよ」

「ん……」

「いろんなところ、旅行しようね」

「ん……うん」

したいこと、いっぱいある。

えっちなことだけじゃなくても。それをちゃんと、絢はわかってくれただろう。

辺りがわずかに明るくなる。

振り返れば、吹き上げ花火が大きな火花を散らしてる。何人かが花火の周りに集まってた。

まるでキャンプファイアーみたいな雰囲気だ。

立ちあがり、伸びをする。

「帰ったら、いよいよ受験の準備！」

「たいへんだ」

「他人事みたいに言ってるけど……絢は予備校とか行かなくていいの？」

「うん。バイト続けたいから」

「ほんとに大丈夫？」

絢の学力を疑うわけじゃないけど、念のために聞き返す。

すると首を傾げた後に、絢は微笑んだ。

「だいじょうぶ。鞠佳と会えないぶん、私もいっぱい勉強するよ」

ぐっと拳を握る絢。

「なんか、やるきすごいから」

その目は普段、あたしをなんとしてでもきもちよくさせようとするときの絢だった。

「そ、そっか。え？　なんで急に火がついたの？」

「今の私は、消えない花火」

「よくわかんないけども」

あたしは経営学部に進むことを決めた。自分で起業するかどうかはまだわからないけど、お金を稼ぐことに関係ある授業って、楽しそうだし。なによりいちばん興味を惹く。

ただ、志望校についてはまだまだ迷いがある。きっとこの迷いは、受験が終わるまでなくならないだろう。

「だいじょうぶだよ」

あたしのうっすらとした不安を見透かしたように、絢は微笑む。

「鞠佳ならだいじょうぶ」

……そのまっすぐな瞳を、裏切らないようにしなくっちゃね。

小さな打ち上げ花火が空に伸びて、パッと花を咲かせた。

夏を先取った修学旅行の夜は、穏やかに過ぎ去ってゆく。


――と思ったら、だ。

全員で手分けして花火の後片付けをし、（明日もホテルから帰る際に、明るくなってから一通り見回りをしようという話にもなった）ホテルへと帰るその最中。

「あ、やば。バケツ一個置いてきたかも」

明日の朝取りに行くでもよかったのだけど、気になってしまったのだから仕方ない。

「ごめん絢、先戻ってて」

「でも」

「あ、じゃあ、花火捨てておいてー」

こういうとき『おてて繋いで一緒に戻ろ☆』とか言えず、効率を重視してしまうのは、あたしの長いアルバイト生活による癖みたいなものだった。まあ、Aランクスタッフですからね。

絢にゴミ入れのビニール袋を押しつけて、あたしはひとり浜辺にUターンする。

「あったあった」

物陰に転がってたバケツを拾い上げる。

あまりにも参加人数が多く、バケツが余り気味だったので結局使わなかったんだよね。外側だけ洗ってホテルに返すことにしよう。

そんな帰り道。あたしは見てしまった。

「……あれ？　深優ちゃん、かな？」

街灯の下に、誰かを待つように立つ深優ちゃんの姿。

そういえば花火にもひな乃と深優ちゃんの姿はなかったたし、てっきりふたりで一緒にいるんだと思ってたけど。

もしかしたら、これから夜の浜辺デートとかかかな？　だとしたら、あたしはお邪魔か。

歩き出そうとする。だが、違った。やってきたのは、背の高い女の子だった。

雰囲気が似てて、一瞬、知沙希と見間違える。けど、髪も金髪だし、ぜんぜん違う。あたしの知らない人だ。

バドミントンの合宿で来たって言ってたから、チームメイトの子も一緒に沖縄に残ったんだろうか。

すぐに立ち去らなかったのは、妙な違和感を覚えたからだ。やけに親密な雰囲気を出してるっていうか。深優ちゃんも相手の女の子も、ニコニコしてて……。

「〜……」

「……」

話し声はここまで届かない。

……なんだろう。

まあ、おかしなことにはならないだろう。あんなにしっかりしてる子が、人に見られてまずいことをするわけがないだろうし。

うん、ちょっとだけ様子を窺って、すぐに帰ろう。そうしよう。

深優ちゃんが女の子と手を繋ぐ。

……いや、手を繋ぐぐらいだったら、女の子同士そういうこともあるだろう。あたしが過敏になってるだけだ。あたしだって海で深優ちゃんに抱きついちゃったし！

やっぱりこういうのよくないよな！　うん、帰ろう帰ろう。

そのとき——ふたりの体が重なった。

……え？

見知らぬその女の子と深優ちゃんは、キスをしてた。

⁉

えっ……えっ⁉　浮気じゃん⁉

さすがにあれは浮気でしょ⁉　世間一般的に見て浮気だよね⁉

信じられない。あたしの知り合いの中、ダントツで倫理観がまともそうな深優ちゃんがこんなことをしでかすなんて。

あたしがきょう話してたイイコの深優ちゃん像がガラガラと崩れて、悪女の微笑みをした深優ちゃんが夜空に浮かぶ。あわわわわ。

「鞠佳？」

「——」

急に後ろから声をかけられて、あたしは心臓を吐き出すかと思った。

しかもその相手がだ。

「な、な、な、ひな乃！」

よりにもよって！

「そんなに驚く？　幽霊じゃないよ」

「あ、あえと、あのお、ホテルで寝てるって聞いたけど⁉」

「うん。起きてきた」

あと一時間、寝ておけばよかったのに！

今まで生きてきて、いちばん焦ったかもしれない瞬間だった。絢との情事を、お父さんに見られそうになった冬休み以来。

とりあえず体で視界をガード。それとともに、ひな乃の両肩を摑んだ。

「ひな乃！　すぐホテル帰ろ！」

「今きたところなんだけど」

最速で口からデマカセがまろび出た。

「あ、あのあのあのあたし、夜道がこわくってさ！　ひな乃が一緒に帰ってくれないと泣いちゃうかも！」

「は？　口説いてんのか？　なにカワイイことを……」

「だから帰ろ帰ろ！」

ひな乃の細い体を、思いっきりグイグイと押す。

よし、これで最悪の事態は免れた……！

しかし、急に体重が消失する。

「わわ！」

あたしは砂浜に倒れ込む。ひな乃がひらりと身をかわしたのだ。

「あ、ごめ。でもあたし、ちょっと待ち合わせしてて」

手を差し伸べられる。その手を摑んでぐっと立ち上がる。

いや、だからその待ち合わせ相手が！　やばいんだって！

ていうか深優ちゃん、ひな乃との待ち合わせ場所で浮気するって、剛の者すぎるでしょ！

なんなの⁉　スポーツ選手だから⁉　性欲有り余ってんのか⁉（偏見）

だめだ。ショックを受けてる場合じゃない。

「あたしをここに置いてくと、後悔するぞ！」

「なんなん？」

必死に立ちはだかる。ここではどう思われたって構わない。それで、ひな乃が傷つかずに済むなら！

そう思ってたら。

「あ、ひな乃ちゃん！」

あろうことか、浮気してた当人が手を振ってきた！

そんなのアリ⁉

「よう」

長身の女性までも近づいてきた。浮気相手！

「凜香（りんか）」

「久しぶり。ひな乃」

顔見知りの犯行……！

いや、でも時間を稼いだおかげで、ひな乃は決定的な瞬間を見ることはなかった。

よし……ちゃんと仕事をしたな、あたし……。

まあ、これからのことを考えると、とても安心してはいられないけど……。それは当人同士の問題なので……。

複雑な気持ちを抱えてると、ひな乃がおもむろに。

「ふたりとも、ひょっとしてキスしてた？」

「ちょっと⁉」

ひな乃の胸倉を掴む。

「なにを言い出してんの、そんなわけないでしょ⁉　深優ちゃんはお前と付き合ってるんだよお前と！」

「鞠佳うるさ」

顔をしかめるひな乃。

あたしたちの後ろで、深優ちゃんが照れ笑いをした。

「あはは……実は、ちょっとだけ」

「深優ちゃん⁉」

信じられないものを見る目で、深優ちゃんに振り向く。

そんなところだけちゃんとしててどうするの⁉　正直すぎる発言は、ときに嘘より人を傷つけるんだよ⁉

しかし、ひな乃はまったく動じてなかった。

「凛香、すぐ抜けがけする」

「な、なんだよ。アンタらきょう一日デートしてたんだろ。ウチはさっきついたばっかりなんだからな」

「そういうことにしといてやるか……」

「このやろ」

顔を付き合わせるひな乃と、もうひとりの女の子。

これは…………修羅場では、ない？

凛香と呼ばれた子と、肘でつつき合ってるひな乃。そのふたりの間で、深優ちゃんは『まったくもう』みたいな顔をしてる。

あたしはなにがなんだかわからずに、目を白黒させる。

え、ええと……。

「ひな乃、深優ちゃんと付き合ってるんじゃないの？」

「付き合ってるよ」

なにを当たり前、という顔をするひな乃。

つまり……。

凛香さん（？）は、深優ちゃんのセフレ……ってこと？

それをひな乃も黙認してる関係……なのか？

ただれてる……。

しかし、ひな乃はさらに指を立てて。

「それに、凛香とも一応、付き合ってやってる」

間髪入れず「おいこら」と不平の声を漏らす凛香さん。

「……それって」

ひな乃は深優ちゃんを右腕に、そしてもうひとりの女の子を左腕に抱く。

まるで雑誌に載ってる成功者のようなポーズをして、告げてきた。

「あたしたち、３人で付き合ってるから」

「…………は？」

耳に入った言葉が、理解できない。

3人で付き合ってる……？

それは、年上の妹とか、黒い白猫とか、そういう完全に矛盾した言葉のように聞こえた。

しかし、深優ちゃんを見ても、凜香さんを見ても、冗談を言ってる気配はなく。

あたしは率直に聞き返す。

「え、付き合ってるって、その、セフレ……とかじゃなくて？」

「うん。真剣に」

小さくピースを作るひな乃。

それはあまりにも、軽薄な言葉に聞こえて。

だから、あたしは反射的に口走ってしまった。

「いや……ありえないでしょ……」

海に沈みそうなほどの低音ボイスを吐き出す。

直後である。

「おい」

手を振り上げるひな乃の様子が、スローモーションで見えた。

え？

パーン！　と。

凄まじい音が、浜辺に響き渡った。

第四章

修学旅行　4日目

最終日

時刻	場所	内容
7:20	朝食	○班ごとに朝食
8:30	ロビー	○本日はホテル移動なし
9:00	バス移動	**生徒集合**
		【班長】点呼
		○貴重品袋返却
10:00	国際通り	○班ごとに行動
		○昼食を済ませておくこと
12:30	バス移動	**生徒集合**
		【班長】点呼
12:50	那覇空港	**生徒集合**
14:00	改札	【班長】点呼／搭乗券配布
	機中	○小型カバン（しおりや貴重品）を確認する
		○大型カバンを預ける
		○終わった人は搭乗待合室へ移動
		○座席番号の確認
17:00	羽田空港	**生徒集合**
18:00		【班長】点呼
		解散式
		○学年主任あいさつ
		○実行委員あいさつ
		○おわりのことば
		解散

ダル……

ずっと
ずっと
友達だよ!!
ゆ

なんなん？

ウザ

それは、高校一年生の夏休み前。絢と出会う以前——まだあたしが今よりほんの少しだけ尖ってる頃だった。

その日は珍しく生理痛が重く、お薬飲んで体を引きずるように登校したものの、なにもかもが嫌になって、保健室でベッドを借りて横になってたんだけど。

授業中だってのに、カーテンの外がざわざわと騒がしい。

(なんなんだ、まったく……)

カーテンの隙間から覗いてみれば、ひとりの一年生が、ふたりの三年生に詰め寄られてるみたいだった。

(あれって……)

一年生は、別クラスだけど見覚えがあった。

髪を青く染めてる女といえば、他にはいない。

有名人の、白幡ひな乃だ。

常に目立つ容姿。先生に注意されてる場面だって何度も見たが、一向に改める気配ゼロ。噂では学校サボりまくってるらしく、問題児の多い北沢高校でも要注意人物と名高い女である。

上級生に絡まれるのだって、珍しくないのだろう。三年生が必死な剣幕でひな乃を生意気だなんだと罵ってるのに対し、白幡ひな乃はスマホをいじりながら聞き流してる。

(態度ワル～……。やっぱこわ。関わらないようにしとこ……)

あたしはもう一度ベッドに潜り直す。とはいえ、お腹が痛い上に言い争いがうるさくて、ぜんぜん眠れそうにない。

(てーか……三年生も迂闊すぎでしょ。ベッドに先生が寝てたらどーすんのさ。確認しておきなさいよ。受験とかあるんじゃないの？　まったく……)

朝から不機嫌だったあたしは、ますます腹が立ってきた。

(保健室は病人が休むところであって、下級生をシメる場所じゃないんだぞ)

スマホをいじり、ボリュームを最小限に絞って適当な動画を探す。それっぽいのを見つけたので、今度は大音量で再生することにした。

たちまちベッドの中から響き渡る、大人の女性の声。

『——ちょっと！　なにを騒いでいるの⁉　今は、授業中でしょう！』

カーテンの向こうから、ヒビ割れるような動揺が伝わってきた。

すぐに——蜘蛛の子を散らすように、保健室から誰かが飛び出していく。

あたしはシャッとカーテンを開いて、三年生がいなくなったのを確認すると、生意気そうに笑った。

「あはは、保健室ではお静かにー」

ほんの少しだけお腹の痛みが和らいだような気がしなくもない。いや、気のせいだな。おなかはいいたい。

ちなみに、白幡ひな乃はまだそこに立ってて、ぼーっとしてた。さっきと違うのはスマホを持ったまま、あたしを見てるぐらいだ。

ぱたぱたと手を振る。

「あ、一応言っとくけど、別に助けたわけじゃないからね。ダルくて追い払っただけ。もめごととか、あんま関わりたくないし」

「榊原鞠佳？」

小さな唇が動いて、あたしの名前を呼ぶ。フルネームを覚えられてることにじゃっかんの緊張が走るものの、敵意はなさそうだった。

「そう、だけど」

眉をひそめて返事する。白幡ひな乃は、まだ視線をあたしに固定しながら。

「あたしも、助けてほしかったわけじゃない。でも、ウザかったから、助かった。ありがと」

「……素直にお礼とか、言うんだ？」

「うん。あたし次に誰か殴ったら、停学だったらしいから」

「うっわ、こわ……。ていうかそれ、もうすでに誰か殴ってるってことじゃん……」

白幡ひな乃はなにも答えず「やれやれ」と座る。先生の椅子だった。厚かましい。

あたしは急に訪れた沈黙が居心地悪くて、ひな乃に話を振ってしまう。

「あのさ、白幡ってなんで髪色そのままなの？」

「ん？」

「いやだって、めちゃくちゃ目立つし、今みたいに絡まれるわけじゃん。コスパ悪くない？」

じっとあたしを見つめる白幡。まるで値踏みされてるみたいな気分だ。

「鞠佳はさ」

「うわ、下の名前」

「鞠佳は、譲れないものとかないの？」

言い方は淡々としてたけど、あたしはどこかバカにされてるような雰囲気を感じた。

浅いヤツは黙ってろ……的な？

あたしは表面上、誰とでも仲良くしてるから、よくうわべだけで判断されることが多くて、つまり被害妄想的な受け取り方をしたのかもしれないけど。

とにかく、このときのあたしは不機嫌だったから、食って掛かるように答えてしまった。

「あるけど」

白幡はまだあたしを見てる。ほんとに？　とでも言いたげに。

少しだけ、ムキになってしまう。

「全力で波風立てず、みんなで仲良く学校生活をエンジョイするのが、あたしのポリシー」

ぶっきらぼうに、言い放つ。

「てか学校がダルいってのは、言うまでもなく、そりゃそうじゃん。でも、だからってみんなでつまんない顔して過ごしてたら、ますますつまんなくなるでしょ。だったらウソでも『うわー学校楽しー』ってみんなで言ってたほうが、まだ楽しくなるから」

四分の一ぐらいは、ひな乃への当てつけだった。

「中学までは義務教育だけど、高校は好きで来てるって建て前なわけだし。なら、せめて居心地のいい空間を作って、楽しい毎日を演出してやろうって思ってる。これがあたしにとっての、譲れないことだけど？」

文句あっか？　とばかりに白幡を見返す。

するとこいつは目を細めて、あんまり関心なさそうにつぶやいた。

「鞠佳って、変わったやつだね」

「あんたにだけは言われたくないんだけど⁉」

青い髪の女の言葉に、あたしは思わずうめく。

「てか、ひな乃はなんなの。譲れないこと。その髪の色ってわけ？」

こっちだけ名前呼びされるのがムカついて、そのままやり返す。

ひな乃は特に動揺することもなく、首を横に振った。

「ううん」

「じゃあ染め直せばいいじゃん――」

きっぱりと告げてくる。

「ぜんぶ」

「……」

あたしは、眉根を寄せてひな乃を見返す。

ぜんぶて。

ドン引きである。

「……わがままますぎでしょ。学校は社会なんだよ？」

つまり、ルールがある。そこから逸脱するものは、弾き飛ばされたり、群れから追放させられる。人間だけじゃない。動物だってそうだ。

なのにひな乃は、よくわかってない顔で。

「このぜんぶが、あたしだから」

「せめて、大切な要素を三つぐらいに絞るとかさ」

「それって妥協じゃない？」

「適応って言うんだよ。そしたら少しはウザいことも減るんじゃないの？」

敵を作りながら生きたいと願うヤツのことなんて、あたしはほんとに意味がわからない。

「周りに媚びろってわけじゃなくてさ。絡んでくるやつが悪いってのは百パーセントそうなんだけど。あんたにもまだなんかできることあるんじゃないのって言いたいだけ」

「ふむ」

ひな乃は顎に手を当てて、初めてそこであたしの声が聞こえたような顔をした。

「考えとく」

それが、あたしと白幡ひな乃が初めて言葉を交わした日のことだった。

二年生になって同じクラスに配置されてからは、ぽつぽつ喋るようになったりして。仲が良いわけでもないし、どこかにふたりで遊びに行くわけでもないけど。なんだかんだ悩みを聞いてもらったり、慰めてもらったりして……。

友達とはっきり呼ぶのも、なんだか違う気がする。

あたしにとってひな乃は……そう。ずっと『変わったヤツ』だった。

＊＊＊

修学旅行最終日、四日目。

結局、沖縄での四日間は梅雨の時期だってのに、ずっと天気がよかった。それはなにより。

あたしの心には今、台風が吹き荒れておりますが。

あたしは沖縄の国際通りで、オブジェ前のブロックに座り込んでた。暑い。

足を組んで、頬杖をつく。頬を膨らまして、あたしは誰がどう見ても鈍色の不機嫌を振りまいてた。

「さいあく……」

昨夜の浜辺であたしは、ひな乃にビンタされた。

『な、な、な……』

あたしがそこで尻もちをついて、じわっと涙を浮かべるようなか弱い女だったら、話は早かったのかもしれないけど。

ひな乃の先制攻撃にビビったのも一瞬のこと。

『なにすんの――』

あたしはすかさず反撃を繰り出した。一発の平手は入ったが、しかし二発目を防がれてしまった。この頃にはあたしもすっかり頭に血がのぼってた。

なにがなんでも一発多く殴ってやろうと摑(つか)みかかったところで、深優(みゆ)ちゃんと凜香(りんか)さんに止められて。

そして今――である。

「あの女……」

絢に投げられたことはあれど、引っぱたかれたなんて北沢高校に入って初めてだ。

ほんとに、わけがわからない。

ひな乃のやることは一年のときからずっと、わからないことばかりだ。

「はぁ………暑い」

しかもきょうは、生理が前倒しに始まってしまって、お腹が重い。だるい。

こんなことなら、ホテルのチェックアウト時間ぎりぎりまで、寝てればよかった。

でもホテルで寝てたら、絢が隣で一生、心配そうに付き添っててくれそうだし……。そりゃ普段は嬉しいけど、せっかくの自由時間を潰してもらってほしくないし。あたしも絢に、不機嫌な顔は見せたくないし……。

なので、こうしてなんでもない態度で出てきたものの、やっぱりあちこちうろつくのは厳しくて、あたしはひとり休ませてもらうことにした。

絢は今頃、あたしの代わりにあちこち駆け回ってお土産を買ってくれてる。ごめん絢。

いや〜、でもなんだったんだよ。ほんとに、ひな乃のやつ。

3人で付き合ってるっていうのも、わけわかんないし……。

え、付き合うってなに？　セフレじゃないの？　3人で付き合うって、それ二股じゃなくて？　合意の上で？　そんな関係、成り立つの？

頭の上を、謎の関係がグルグルと回ってる。

百歩譲ってだよ。身体だけのお付き合いというのなら、それもまだわかる。深優ちゃんが堂々とそんなことするのかなり意外だけど、ひな乃に毒されたのかもしれないと考えれば。

でも、真剣交際を3人で、って。

そりゃもうムリでしょう。ぜったいありえないよ。

だってあたしが絢と同じ距離感でもうひとり誰かを中に入れて付き合うとか、ぜったいムリだもん。成り立つはずがない。それこそ真剣じゃないって証だ。

あたしは間違ってないはず。

だってのに……さっきから、胸がモヤモヤするし、お腹が重い。いや、それは生理の症状なんだけども。

おまけに日焼けした首の裏がひりひりして痛いし、頬も昨日の衝撃を記憶してジンジンうずいてる。踏んだり蹴ったりか？

能天気なまでに軽い声がする。

「まっりかー」

いきなり誰かが隣に座ってきた。

悠愛である。手に、アイスクリームを持ってた。

「見て見て、サトウキビ味だって！　沖縄で有名なアイスクリーム屋さんなんだよ！　ね、ね、一口いるー？」

むすっとしたまま、横目に悠愛を見やる。

「ごめん、あんまお腹冷やしたくなくて」

「そお？　じゃあ、あたしひとりで食べよっと！　うん！　甘い！」

いつもは賑やかで明るい悠愛の声も、今はキンキンと頭に響くみたいだった。

八つ当たりはしたくないので、片手でぴらぴらと悠愛を追い払う仕草。

「べつに、あたしに構わなくていいよー。集合時間まで、ここらへんでのんびりしてるからさ。知沙希と楽しんでらっしゃいな」

「でも昨日じゃなくてよかったじゃん」

アイスを舐めながら、あたしの力ない声がまったく聞こえてないみたいに、悠愛が笑う。

「んー、まあねえ……」

「まりかっていっつも軽いのに」

「年に何度かこういう日もあるんだよねえ」

あたしの症状の軽重は、割とメンタルに直結してる気がする。今回の原因は、疲労と……あと、ひな乃にビンタされたことか。

「さすがに、かわいそうだから今のまりかを写真に撮るのはやめとこう」

「ありがと……友情を感じるよ……」

へろへろの笑みを浮かべる。ふと気づく。

「あれ。悠愛が首から提げてるのってそれ、ひな乃のデジカメ？」

「そうそう」

ひな乃が片手にアイスを持ちながら、片手で国際通りの町並みを写真に収める。

「なんで悠愛が持ってるの？」

「なんかねー、今朝ひなぽよに託されてー」

「……なんで?」

「わかんない!」

ふつうは理由とか聞かないか?　聞かなかったんだろうな、悠愛だから……。

「あー、修学旅行楽しかったねー」

悠愛はあくまでもここに居座りたいようだ。その気遣い自体は嬉しいので、あたしもなるべく険を引っ込められるように努力する。

「そうだねえ」

「行く前は、そりゃまあ楽しいんだろうなって思ってたけど。いつメンだし。でもでも、来てみたら予想以上に楽しかったっていうか、やっぱ最高だったね」

「あんたは知沙希と一緒だからでしょ」

「それもあるけど!　それだけじゃないよ⁉　まりかもあややも、ひなぽよだってもちろん大事だよ!」

力説する悠愛。気づけばペースに飲まれて、いつもみたいに悠愛の相手をしてしまってる。

「修学旅行、あと2回ぐらいあってもいいのになあー!」

「積立金、大変なことになりそう」

「でもでも行きたくない?　今度は北海道とか。てか舞浜でもいいし!」

「それなら、普通にあたしたちで行けばいいじゃん」

「え、行く⁉ わかった、行こうね！ 卒業前に、必ずだよ！ 約束！」

「はいはい……」

適当にうなずいてから隣を見て、ぎょっとした。

ぐすっと、悠愛が洟をすすってる。

「ぜったい、ぜったいだよ……。いこうね、また旅行……みんなで、いごうねぇ……」

「ちょっとちょっとちょっと。情緒が不安定！」

ティッシュを渡し、代わりにさとうきびアイスを受け取る。

てしてしと顔を拭く悠愛。うう〜、とまだ唇を震わせてる。

「なんかぁ、さみしくなってきちゃったぁ……うぅぅ、卒業しても遊びにいこうねえぇ」

「まだ6月なんだけど……」

指折り数える。あと9か月もあるぞ。

「うー、終わりみたいな話、しなきゃよかったぁ」

「う、うん。ほら、アイスお食べ」

「あまーいぃ……」

アイスを食べることに集中してるうちに、悠愛の涙は、引っ込んだようだ。幼児かな。

「ひなぽよがさぁ」

「……ん」

過剰反応しないように、さりげなく相づちを打つ。

「昨日、海で言ってたんだよねえ。修学旅行は楽しみだった、って」

「……。それも、深優ちゃんと予定合わせてたからじゃないの？」

「それもあるかもだけどぉ」

悠愛はデジカメを握りながら。

「ひなぽよ、照れ屋さんだから、あんまりはっきりとしたことは言わないじゃん？　でも、楽しそうだなーって、思ってたんだって」

「……なにが？」

悠愛がこっちを向いて、はにかむ。

「あたしとか、まりかのこと。同じ学校に恋人がいるって、どういうきもちなのかな、って。それを味わってみたくて、昨日まりかに手伝ってもらったみたいだからさ」

「……」

あたしはちょっと息を呑んだ後に、目を逸らす。

「やっぱり、深優ちゃんと遊びたかっただけじゃん」

「それだけじゃなくてね」

あたしはもう、明らかに話題を避けようとしてる態度なのに、悠愛は一向に構わず話し続ける。空気の読めないところがあるのが悠愛の悪いところであり、いいところでもあった。

「なんか、北沢高校の友達のこと、カノジョに紹介してみたかったんだって。みんな、いいやつだからって――」

「…………」

あたしは。

とにかく大きな、ため息をついた。

「はぁ…………」

さすがの悠愛も、それには気づく。

「まりか?」

「いいやつとかじゃ、ぜんぜんないと思うんだけど……。思いっきり、ありえないとか言っちゃったし……！」

胸に引っかかってることがなんだったのか、ようやく気づいた。

あたしはまた、過去の過ちを繰り返したのだ。

「だってしょうがないじゃん、いきなりあんなこと言われて……。それで、すぐに受け入れられるほど、あたしはデキた人間じゃないんだっての……」

あたしは胸の中のモヤモヤをすべて吐き出したくて、その場でひな乃に電話をかける。

繋がらない。

……まさか着拒された？　昨日のきょうで？

「あいつ……」

そういうスピード感には定評のある女だ。あたしは思わず爪を噛みそうになる。

「悠愛、ひな乃がどこにいるか知らない？」

「えっ？　わかんない」

「そうだよね！」

このまま待てば、どうせ集合時間には合流できるってわかってるけど……。

メッセージを飛ばそうかと履歴を眺めてる最中、ふと目に留まった名前があった。

ひな乃の居場所を知ってそうな子だ。

深優ちゃんに『ひな乃どこ？』とメッセージを送る。

こちらは、すぐに返事が返ってきた。

教えてもらったのは、国際通りから、そう遠くない浜辺。

あたしは顔をあげる。

「ごめん、悠愛。あたしちょっと出かけてくるね」

「ええっ、体は大丈夫？」

びしっとピースサインを送る。

「大丈夫。集合時間までには戻ってくる」

歩き出そうとして、ぴたりと止まる。

「あたしさ」

「う、うん」

あたしの謎の行動を前に、首を傾げてた悠愛。

彼女に向かって、ふっと笑いながら。

「悠愛の誰とでも仲良くなれて空気読めないところ、やっぱり好きだな」

「うん……えっ⁉　それ悪口⁉　ねえ⁉」

騒ぐ悠愛を置いて、あたしは小走りに駆け出したのだった。


浜辺を取り囲むようにして扇状に配置された防波堤。

その上に、ちょこんと小さな人影が立つ。

空や海とも違う、人工的で不自然な色に染めた髪を、女の子。

白幡ひな乃がひとりで、ぼけーっと海を眺めてた。

「ひな乃」

そう呼んでも、ひな乃は一切の反応を示さない。

あたしはひな乃の隣に並んで、それからしばらく、同じように海を見つめる。

岩場の多い砂浜に、波がぶつかっては引いてゆく。不思議な景色だ。誰が海水をかき混ぜてるわけでもないのに、勝手に水が動いてるんだから。

あたしはひな乃の横顔に目を向ける。風に揺れて、髪がなびいてる。でもそれ以外は、むしろ打ち寄せる波よりも静かだった。

「あたしのこと、いきなりひっぱたいておいて、特に言うことはないわけ？　ひな乃」

「……」

ひな乃はあたしを一瞥もしない。

こ、こいつ……！

反省したはずの気持ちが、ぐつぐつと煮えたぎってくる。

いや、あたしの第一声が悪かったんだ。それはわかるけども！　このお！

目をつむる。

「……悪かったわよ」

ぼそりとつぶやく。

「……」

しかし、ひな乃は相変わらず無反応！

あたしはあらゆる嫌がらせの中で、シカトがいちばん嫌いなんだ……！　大した労力もせずに相手を百パーセント悪者にする不誠実な行為……！　対話を拒む榊原鞠佳の天敵！

叩いてもまだ無視できるかな？　不穏な考えが脳裏をよぎる。

またお腹の痛みがぶり返してきた。ぐぐぐ。

いい。じゃあもう反応なんて気にするものか。

勝手に喋ってやる。

「あたしさ、最初は『女同士とかありえない』って言ってたんだよね」

ひな乃を見ずにその隣、防波堤の上に座り込む。

「だって、自分の常識じゃ考えられない話だったし。付き合う相手は男の子が普通だと思ってた。みんなそうしてるし、そこになんの疑問も挟まずに生きてた」

勝手に喋ると決めたら、すらすらと言葉が出てきた。

「でも、それから……いろいろあって。ちょっとずつあたしの考えが変わっていって、今じゃこんな感じ。クラスでカミングアウトまでしちゃってさ」

運命が変わった日を思い出しながら、遠い目をする。

「もう、絢なしの生活とか考えられなくなっちゃったもんな……。女同士がありえないままだったら、あたしは今頃どんな人生を送ってたんだろ。たぶん、知沙希や悠愛とこんなに仲良くなることもなかっただろうし」

小さくため息をつく。

「でもまあ、あたしだし。そこそこ学校生活は楽しんでたかな。ま、そこそこね」

「なんで？」

ようやく、ひな乃が口を開いた。

「考えが変わったの？」

「いや、それは」

今度はあたしが口をつぐむ番だった。

思いっきり顔を逸らす。

「……いや、その、絢に……」

「ああ」

視界の端に収めたひな乃は、顎に手を当てて納得した。

「そうか、絢に落とされたんだっけ」

「ノーコメントで」

「つまり、鞠佳に『ありえない』を撤回させるためには、身体にわからせてやる必要があるってことか」

「そんなわけあるか！」

「総受けの鞠佳を、いよいよ3人がかりじゃなきゃ満足できない身体に」

「あたしはもうずーっと満足してるから！」

ひとりの相手をするだけでも大変なんだぞ！

その場にしゃがみ込むひな乃。手をぷらぷら揺らしながら。

「幼馴染」

まるで独り言のように、勝手につぶやく。

「うん？」

「あたしたち3人、小学校からの付き合い。中学でもずっと一緒だった」

ひな乃の瞳(ひとみ)に、情感的な色がにじむ。

「でもたぶん、深優は凛香のことが好きだったんだ」

「……それ」

昨夜の海でキスをしてたふたりのことを、思い出す。

深優ちゃんの姿が、あたしの好きな女の子と重なって、不意に胸が痛む。

「ふたりが付き合うんだろうなって思ってたし、だったらふたりで付き合えばいいって思った。あたしは顔がいいから、いつでも相手作れるしね」

「急に自信を出してくるじゃん」

「うん。だけど、深優はあたしのことも好きだった。好きだって言ってくれた」

思わずひな乃を見る。

ひな乃は透明な眼差し(まなざ)しを、ただまっすぐ前に向けてた。

「ふたりが付き合えば、きっとあたしは離れていくってわかってたんだ。深優は優しいから、あたしのことを放っておけなくて、それで」

「……それで、どうしたの？」

「付き合うことにした。３人で」

そんなの……。

本当の恋じゃないだとか、真剣に考えたらそんなことありえない、って言葉が思わず口から飛び出てきそうになり、あたしは飲み込んだ。

仲の良い３人組でその中のふたりが付き合うことになってしまったら、グループの崩壊は免れない。普通はそうだ。

だけど深優ちゃんは、それをしたくなかった。そのために、幼馴染３人同士で付き合うという道を選んだ。

「……」

でもそれは、優しいというより……。

深優ちゃんの素朴な笑顔を思い浮かべる。

あたしは、疑問に思わざるを得ない。

彼女たちは本当にずっと３人でいられるんだろうか。もしかしたら深優ちゃんの優しさは、いつか必ず訪れる別れを先延ばしにするだけの行為なんじゃ……。

だって、３人で付き合うなんて、いつまでもうまくいくはずがない――。

ひな乃が振り返ってくる。

「いつか言ったよね、鞠佳。人生で大切にする要素は、三つぐらいにしておいたほうがいい、って」

正直、驚いた。あたしが言ったことを、ひな乃が覚えてるなんて。

ひな乃は誰にも影響されることなく、ただひとりを貫いて生きてゆく女だと思ってた。

「……言ったけど」

「あたしの大切なものは三つ」

小さく指を立てて、ひな乃が言った。

「深優、自分、凛香」

それだけが譲れないことだ、と。

「……」

あたしはうまくいくはずないと思ってる。

だけど。

3人で付き合うなんて、信じられないぐらい難しいことだと思うんだけど。でも、あの深優ちゃんがひたむきに。そして、ひな乃が全身全霊で今の関係を守ろうとがんばるのなら、あるいは……と思わされてしまった。

「そっか」

この世界にある愛の形は、ひとつじゃない。女同士だって、そう。

だったら3人同士で付き合うという形も、もしかしたら、ありえるのかもしれない。

「あたしの負け」

肩をすくめる。

バラバラになりたくなくて、しがみついて。

でもその方法は、ぜんぜん普通じゃなくて……。

「『ありえない』なんて言ってごめん。正しいとか間違ってるとか、できるとかできないとか、そんなのあたしが決めるようなことじゃなかった」

あたしの人生は、絢と出会うことによって変わった。

だったら、きっと……あたしには、出会いがなかっただけ。絢ほどに想(おも)える人には。

もしも絢がもうひとりいたのなら、その子とも離れがたいと願ってたのだろうから。

「ん」

ひな乃は小さくこくりとうなずく。

それから、押し寄せてきた波が引き戻ってゆくぐらいの時間をかけて。

「あたしこそ、ごめん。いきなり叩いて」

「……ん。こっちこそ、ごめん」

あまりにもわかりやすい『これでおあいこ』の形。

ひな乃はハッと気づいたように顔をあげた。

「あたし、人を殴って謝るのって、これが初めてかも」

「それはそれでどうなんだ！」

あまりの破天荒っぷりに、思わず笑いがこみ上げる。まったく。とんでもない女だ。

そのタイミングで、ポーチのスマホが振動する。

確認して、やば、と声が出た。

「自由行動の時間、あとちょっとしか残ってないじゃん！　早く戻んないと！」

同じ班の3人から、メッセージが連打されてる。心配かけてしまったみたいだ。

「ほら、ひな乃も早く」

ひな乃は動こうとしない。

……ん？

「ひな乃？」

「あれ、言ってなかったっけ」

「なにが」

「あたし、沖縄でもう何泊かしてくから。先帰ってて」

「はあ⁉」

まったく意味がわからない。

「今、修学旅行中だよ⁉　それを抜け出して、ついでに彼女と旅行するとか、あんたなに言ってんの⁉　飛行機のチケットも取ってあるし！　っていうか、先生になんて説明すればいいんだよ！　ほんとに……ほんとーに」

だめだ。ひな乃の顔は、のれんに腕押し。

思わず笑いがこみ上げてきた。

「なんて無茶苦茶な女……」

「いぇい」

「褒めてねーわ」

両手でピースサインをするひな乃に、でもまあ、こいつはもともとこういうやつだったしな……と諦めるより他ない。

「まったく……そのための、鞠佳班ってわけ？」

「それだけがぜんぶじゃないよ」

「暗にそれもあるって言いやがって」

ひな乃は口元をほころばせる。

「楽しそうだったから」

その結果がどうだったかなんて、聞くまでもない。

「……ああそう」

わざと淡泊に相槌を打って、あたしは回れ右をする。

「じゃあね、ひな乃」

「うん、また」

教室で別れるみたいに声をかけて、それぞれの道へと分かれる。

しばらく歩いてから、ふと振り返ってみた。

小さな人影。海を望む防波堤に、ひな乃が立ってる。そこに、ふたりの少女がやってくる。

彼女たちは手を取り合いながら、歩いてゆく。

きっと幸せそうな笑顔を浮かべてるのだろう。

友達には見せることのない、特別な笑顔を。

なんとなく……。ひな乃は、このままもう二度と学校には戻ってこないような気がして、そんなの気のせいだってわかってるんだけど、あたしはふっと笑った。

「どうりで、いっつも独りでいるみたいに、見えてたわけだ」

ひな乃の両手は、いつだって大切な人で、埋まってたんだろうから。

「って、そんなこと言ってる場合じゃない！　あたしが飛行機に乗り遅れたらシャレにならないっての！」

こうして、あたしたちの修学旅行は終わりを告げた。

先生にひな乃が沖縄に残ると伝えたときの、大人の呆れ果てた顔はきっと、これからの人生でそう何度も見られるものではないだろう。

結局のところ——各個人、それぞれが選んだ幸せの道を、それぞれが信じて歩くしかないんだって、今回はさらに痛感した。

人はみんなそのために大人になったり、大学に通ったりするんだって。

帰りの飛行機。3人席の真ん中に座ってるあたしは、小さくため息をついた。

「ほんと、最後まで、なんて修学旅行だったんだ……」

絢と悠愛、知沙希と最後にひな乃。全員に満遍なく迷惑をかけられた旅だった。

いや、絢だけぶっちぎってるな。

「思い出に残る旅になった？」

隣の席の絢が、自分がなにをしたのかもわかってない顔で、無邪気に尋ねてくる。

「……それも、絢がぶっちぎり」

「よかった」

よくないんだよ。

絢の制服から覗く首元が、目に入る。

「しっかし、絢は焼けなかったね。海に行ったってのに」

「そうなんだよね。昔から、あんまり赤くもならなくて」

「日サロとか行っても効果なさそう」

美白を宿命づけられてる女である。

「鞠佳はけっこう焼けたね。かわいい」

「触んないでよ。ヒリヒリしてるんだから」

絢が指を持ちあげて、あたしのシャツをぐいと引っ張る。ちょっと！

「ちゃんと、まんべんなく焼けてる」

「……そりゃ、そうでしょーよ……」

恨みがましくつぶやく。

肩ヒモのあとがないという、ミステリー。

なぜかって？　そりゃ、なんたって、お外で上半身裸にさせられてたんだから……。

友達の前じゃ、しばらく上は脱げないな……。首輪でもつけられてる気分だよ。

「ふふ」

絢が嬉しそうに笑う。

まったくもう、悪びれないんだから……。かわいいけどさぁ……！

「ねーねー」

と、日焼け仲間の悠愛が隣の空席にやってきた。（ひな乃が座るはずだった席である）

「まりかもさ、一緒にひなぽよが撮った写真みよーよ。どれもけっこーいい感じだよ！」

ちらりと見やれば、こちらもばっちり焼けてる知沙希は、窓際の席でアイマスクをつけて爆睡中だった。

ちーちゃんが寝て暇なので、あたしたちに構ってもらいに来たのだろう。

「あーうん、そうしよ……」

よし、気分を変えるぞ。悠愛が持ってるデジカメに目を向ける。あたしの後ろから、絢も興味津々に覗き込んできた。

「これがねー、初日。ほら、いいでしょ」

「おー、集合写真だ。ひな乃、やっぱセンスあるよね」

「お店の宣伝担当らしーもんねー」

悠愛がボタンを操作して、次々と写真を切り替えてゆく。

グループメンバーが代わる代わるに現れ、様々な表情を見せる。

カメラにピースサインを向ける絢。キメ顔の知沙希。ハートを作る悠愛。めっちゃ笑ってるあたし。楽しそうな場面だけ切り取ってるから当たり前なんだけど、なんかずっと楽しそうに見える。

「で、これからが二日目ー。ほら、ワークショップのー」

「ワークショップは飛ばそう」

「え、なんで⁉」

横から手を伸ばし、ボタンを連打する。あたしは素面の状態で、ロー……を入れられてる自分の顔を見るような趣味はない。

水族館は、ひな乃がひとりでどっかに行ったから、写真を撮られてはいないはず……。

「ってあれ？　これ深優ちゃんじゃん」

二日目に別行動してた謎が、ここで判明だ。

「ひなぽよ、だからさっさといなくなったんだ」

なるほどね。カメラの小さな画面でもわかるほどに、深優ちゃんの笑顔は輝いてる。それはきっと、好きな女の子と一緒にいるからなのだろう。

「うわ、海の写真もずっと深優ちゃんばっかり」

何枚も何枚も、深優ちゃんの写真ばっかりが現れる。

まるでひな乃の視界をのぞき見してるみたいに、感情の乗ったそれらの写真は、恋する乙女の気持ちであふれてた。

まったく、こっちが恥ずかしくなってくるじゃん。

「で、最終日のきょうは――……あっ！」

写真を切り替えてた悠愛が、大きな声をあげた。そこには、着替え途中の知沙希の、日焼けした背中が写ってた。

悠愛は振り返って、知沙希の様子を窺う。

大丈夫、爆睡してる。悠愛は小声でつぶやく。

「いやー、ひなぽよからデジカメ託されたから、写真の練習をしようと思って」

えへへと笑う悠愛。そこからはずっと知沙希が写ってる。どいつもこいつもカノジョばっかり撮ってる。カメラ係として、ぜんぜん役に立ってない。

「じょうずじょうず」

絢が小さくぱちぱちと拍手して、悠愛がますます目尻を下げる。

なんだけど……。

あたしは、一瞬だけ見えた着替え写真が、なぜか頭に引っかかってた。なんだろ……。

あ。

そうだ、わかった。さっきの写真。上半身の日焼けに、肩ヒモのあとなかった。

え？　なんで。

まさか、悠愛と知沙希もビーチで……？

「ん？　まりかどしたー？」

「あーちょーっと飛行機に酔ってきたかなーって！」

東京に帰る飛行機の中、あたしは背に深く身を預けて、そして目を閉じた。

そういえば結局、悠愛と知沙希がどんなイチャラブ修学旅行を過ごしたのかを知らない。

いいのだ。世界で知らなくてもいいことはたくさんある。愛の形にわざわざツッコミを入れても仕方ない。なぜなら。

各個人、それぞれが選んだ幸せの道を、それぞれが信じて歩くしかないのだから……ね！

エピローグ

「今までお世話になりましたー！」

あたしは大きく頭を下げる。

修学旅行から帰ってきて間もなく、あたしのファミレスバイトは任期を満了した。

おやすみに融通を利かせてくれるし、店長がセクハラしてくることもない。スタッフみんなとも仲良くなれて、本当にいい職場だった。

日曜日。お店の休憩室にはたくさんのスタッフが集まってた。それこそ、きょう出勤する予定のない子の姿もチラホラと。

「大学合格したら、いつでも戻ってきていいからな」

本気っぽく言ってくれる店長の言葉に、朗らかな笑みを返す。

「あはは、考えときます！」

あたしのネームプレートには、光り輝くAのアルファベット。そう、一年かけてあたしはAランクスタッフにまで上り詰めたのだ。

「鞠佳ちゃん、辞めても連絡して構いませんよね……？」

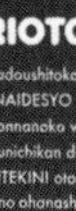

大学に入ってもバイトを続けてる冴が、うるうるとした瞳を向けてくる。

「そんなの当たり前じゃん！　むしろこっちから連絡するからね！」

「ま、鞠佳ちゃん……！　それでは、今度相談したいこともあるので、ぜひぜひお話に付き合ってください！」

「もちOK！」

冴とはたっぷりいろいろとあったけれど、まだ付き合いは続きそうだ。

「じゃあ制服はクリーニングして、送別会のときに持ってきますね」

「ああ、そうしてくれ。今までお疲れさん、榊原」

「はい！　店長や皆さんも、お元気で！」

送別会はまた後日、ということで、きょうはお店が忙しくなる前に出てゆく。

一歩一歩、次の目標に向かって、あたしは足を進めてゆく。


修学旅行が終わり、学校は一気に受験ムードへと様変わりしていった。

まさか北沢高校にもそんな一般高校のような風習があるなんて……と驚いたんだけど、あの榊原鞠佳が夏休み返上覚悟で勉強に精を出そうとしてるぐらいだ。意外とそういうものなのかもしれない。

ヘンな子ばっかり通ってるとはいえ、れっきとした高校三年生。みんな、人生の節目に立ってるのだから。

「暑くなってきたなあ」

お昼時。帰り道を歩きながら、わざわざ声に出す。

まだ沖縄ほどではないけど、半袖が似合う季節になってきた。

ちなみにひな乃はあたしたちが帰ってから三日後に、何食わぬ顔で学校にやってきた。白ギャルだったはずのひな乃がしっかり日焼けしてる姿はちょっぴり面白くて、しばらくは黒幡とみんなで呼んで弄ってた。

ひな乃は大切にする三つのことを、しっかりと定めてた。

あたしは自分で言っておきながら、まだそれがなんなのかわからない。

ひとつは絢。ひとつはたぶん、自分。では残りのひとつは?

友達? 居場所? お金? 趣味? 頭に浮かぶものはあるけど、これがそう! と決めるのはちょっと難しくて。

見つけたいと思う。あたしにとっても大事なものを。大学に行く理由が、もうひとつできたような気がした。

今、向かってる先は、絢のおうち。

この後、絢のバイトの時間まで、ふたりで動画を見てのんびりと過ごす予定だった。

変わり映えのない、トクベツでもなんでもない普通の休日。だけどそれが、あたしにとってはトクベツな一日なのだ。

絢に『もうすぐ着くよ』とメッセージを送り、家の前までやってくる。

そんな折。

「あら」

女性の声がして振り返ると、そこには美人が立ってた。

「もしかして、榊原さん？」

「そうですけど、えっと」

上下スーツに身を包んだ女性は、ヒールを差し引いてもあたしよりも背が高かった。スーツの値段や生地(きじ)の質などはよくわからないけれど、まるで女王様が着るドレスのように、よく似合ってる。

直感した。目鼻立ちや、立ち姿。そして、華やかさから、目の前の女性が絢の母親だと。

「……絢のお母さん、ですか？」

「ええ、そう。いつも絢がお世話になってるね」

「は、初めまして！」

慌てて頭を下げる。

顔をあげて目を合わせると、なぜだか体がぞくっとした。

整った化粧によって作り上げられた仮面のせいなんだろうか。絢のお母さんから、一切の感情が伝わってこなかったから。

なにを考えてるのか、少しもわからない。こんな大人を前にするのは、初めてだった。

「あ、あの、あたし」

妙に動揺しつつも、とはいえ、言うべきことがある。

絢のお母さんに、あたしが絢と付き合ってるって、伝えないと。

だって絢は、あたしのお母さんにちゃんと言ってくれたんだから。

日常の裏に潜んでた突然の土壇場に、汗が吹き出る。

「不破絢さんと」

「ああ、いいのいいの」

「……え？」

絢のお母さんは手をひらひらと振って、薄く微笑んだ。

「ちゃんとした話は、そうね、また改めてしましょう。きょうは荷物を取りに戻ってきただけだから、お構いもできなくて」

「あ、えと……すみません」

時間がないから込み入った話はまた後で、ということだろうか。あたしは謝りながらも、どこかチキンな安堵感を覚えてた。

「こちらこそ、ごめんなさいね」

「あ、いえ」

口元だけを緩ませて、絢のお母さんが家のドアを開く。あたしはその後ろに続く。

でも、なんだろう。思ったより、普通のお母さんな気がする。

どうして絢はこの人を避けてるんだろう。再婚の話だって、聞いてあげればいいのに……。

余計なことを口にしてしまいそうになる。けど、恋人の家族の事情ってそもそもどこからが余計なことなんだろう。わからない。

「絢、お客さんよ」

お母さんが家の中に呼びかける。大きくはない声なのに、誰の耳にも届くような、絢によく似た声質だった。

荒っぽい足音とともに、絢がやってきた。

ほんの少しの距離で、まるで息を切らすようにして。

「お母さん、なんで鞠佳と一緒に」

「家の前で、たまたま偶然会ったのよ」

「……」

本当に？　と絢が目で強く問いかけてくる。

「う、うん！　ほんとに」

「……そう」

絢がお母さんの横を抜けて、あたしの手首を掴む。そのまま、引っ張ってきた。痛いわけじゃないけど、すごく強引に。

「ちょ、ちょっと、絢」

「部屋にいこう」

こんなにも余裕のない絢、見たことない。

後ろから、お母さんが感情のない声で尋ねてくる。

「ねえ、絢。空いてる日なんだけれど」

「勝手にしてって言った」

「……ああ、そう」

あたしは気になって、ふたりを見比べてしまう。

「ね、ねえ、絢。いいの……?」

「うん」

小さく問うあたしに、しっかりとうなずく絢。でもその横顔は、爆発しそうななにかを必死にこらえてるみたいに危うくて。

「絢」

お母さんの声を無視しながら、絢があたしの手を引いて歩き出す。

「あんまり鞠佳さんにご迷惑をかけないようにね――」

そう言われて、ぴたりと絢が足を止めた。

あたしにとってその言葉は、普通の親が娘にかける当たり前のものみたいに聞こえたんだけど、でも、絢にはそうじゃなかったみたいだ。

絢がばっと振り返る。

「迷惑なんて、かけない。あなたにも、もうこれ以上」

あたしの手首を摑んだまま。

「だって、私は」

まるで殴り返すみたいに、絢が告げた。

「――高校卒業したら、鞠佳と一緒に住むから！」

ふたりの視線に挟まれながら、あたしはゆっくりとその言葉を噛み砕いて。

そして、叫んだ。

「えっ……えええええええええええええ⁉」

［書き下ろし短編］

百日間で徹底的に落とされた女の子に、予想外の大告白をしてしまった女の子のお話

ARIOTO

onnadoushitoka ARIENAIDESYO to iiharuonnanoko wo hyakunichikan de TETTEITEKINI otosu yuri no ohanashi

「あっ」

手からグラスが滑り落ちた次の瞬間。

不破絢(ふわあや)は、もう片方の手でなんとか落下前に、グラスをキャッチすることに成功をした。

「あ、危ない……」

フレアバーテンディングじゃないんだから、と冷や汗がこぼれる。

その様子を横目に見てたモモが、心配そうに問いかけてきた。

「アヤさん、体調不良ですかぁ？」

「だ、だいじょうぶ」

「でもきょう、もう3回目で……あっ」

今度は並べてあったグラスに、肘を引っかけてしまう。転がり落ちそうになったところを、
またもスレスレで捕(つか)まえた。

「……ほら、だいじょうぶ」

「今の、大丈夫でしたか⁉」

「被害は出てないから」

そうさらっと答える（あるいは答えたつもりの）絢だったが、やはりモモの目からは注意散漫に見えて仕方ない。

いったいなにがあったか。

それはつい先ほど絢が発した爆弾発言によるものだ。


『高校卒業したら、鞠佳と一緒に住むから！』


そう叫んだ絢は、鞠佳の手を引っ張って部屋に逃げ込んだ。

問題は直後だ。

『え、ええと……今のって……？』

照れ笑う鞠佳の目が見れなくて、絢はその場にぺたんと座り込んだ。

『あ、いや、別に！　嫌ってわけじゃなくて、ただ、その、驚いただけっていうか！』

空気を保つためにがんばってコミュニケーションしようとしてくれる鞠佳に、絢はろくな言葉を返すことができず。

情けなさとか、ふがいなさとか、あとは考えなしに発言したことに対する申し訳なさとか、親への反発に鞠佳を利用した浅ましさとか……。

最悪のフルコースによる自己嫌悪で、押し潰されてしまいそうになってしまい……。

結局、鞠佳の奮闘むなしく。ろくでもない空気の中、絢のバイトの時間がやってきて解散。

というわけで……。絢はそのままの心理状態を引きずったまま、こうしてグラスを何度も割りそうになってはモモに心配されてしまっている——というわけだ。

さらに言えば、この状況もかなりツラみがツラい。

（いまはお仕事中なのに……。プライベートのせいで、お仕事をミスするなんて……！）

喉の奥がチクチクする。

自分を責めて失敗して、そしてさらに自分を責める悪循環に、絢は囚われていた。

店のドアが開く。

きょうのシフトは、まだしばらくモモとふたりきり。店内は普段より空いているとはいえ、曲がりなりにも先輩として背筋を正さなければ……。

「いらっしゃいませ——」

「えと……やっほ」

声が途中で途切れた。

曖昧な笑みを浮かべて片手を挙げたのは、榊原鞠佳だった。

絢は背中を向けた。

「……いらっしゃいませ」

「アヤさん⁉　なんでお客さんにお尻(しり)向けて挨拶(あいさつ)を⁉」

鞠佳が笑いながら、絢の向かいのカウンター席に座る。

「いいのいいの、モモさん」

「あれ、マリカちゃん？」

鞠佳がモモに挨拶し、適当に注文を終える。

そして。

「絢」

びくっと絢が震えた。トレイで顔を隠しながら、振り返る。

「……どうしましたか？　お客様」

「いやー」

困った風に笑う鞠佳。

「さっきは中途半端(ちゅうとはんぱ)に終わっちゃったから、話の続きをしようかなあ、って」

続きって。

「それは……」

もうこの際だ。引きずるほうがさらにツラい。絢は勢いよく頭を下げることにした。

「ごめん、鞠佳」

「えっ？」

「私がヘンなこと言っちゃって。あれは、その、売り言葉に買い言葉っていうか、そんなつもりじゃゼンゼンなくて……」

徐々にトレイを下げて、上目遣い(うわめづか)に鞠佳の様子を窺う(うかが)。

鞠佳は、ぽかんと大きく口を開いていた。

「あ、そーなの……?」

「う、うん」

はぁぁ、と大きく息をつく鞠佳。

「そうだったんだ。あたしは、てっきり……」

「……てっきり?」

あまり意識せず言葉尻を捕まえると、鞠佳は痛いところを突かれたように目を逸ら(そ)した。

「てっきり……プロポーズ的な、そういうやつかと……」

「っ」

ぼわっと、絢の顔が一気に赤くなる。

「それは、その! ちがくて!」

「ふーん……」

鞠佳が意地悪そうに目を細める。

「違うってことは、絢はあたしと一緒に暮らすのはヤなんだ」

「そうじゃなくて！」

必死に訂正する絢——と、必死に冷静を装う鞠佳——は、気づく余裕がまったくない。モモも含めて店内にいる人間がみんな、ふたりの会話に耳を澄ませていることを。

「あんなの、一方的に突然言い出すような話じゃ、ないとおもう」

絢は胸に手を当てて、息を整えながら告げる。

「お母さんの前で突然あんなこと言ったら、鞠佳だって困るでしょ」

「それは、まあ……困るっていうか、驚いたっていうか」

「うん、だよね。ごめん」

絢はようやくキチンと誤解を解くことができて、ホッとした。

「だからもうこの話はおしまい、ってことで」

「いやいや、それは待ってよ！」

「え……？」

鞠佳が身を乗り出してきた。

「い、いくら謝ったって、一度言った言葉はなかったことにはできないんだからね！」

「え………」

血の気が引いた思いがした。

「そう、言われても」

後ずさりする。思わず背中が棚にぶつかるところだった。鞠佳がなにを求めているのかがわからず、『だったら身体で払うね』などという冗談を挟む余裕もない。

しかし、そんな絢のリアクションを見て動揺したのは、鞠佳もだった。

「いや、だから——つまり！」

目をつむって、まるで決死の覚悟のように鞠佳が告げてくる。

「——絢はあたしと一緒に暮らしたくないのか、って話！」

シーン、とバーの中が静まりかえる。

品の良いジャズが流れ、絢と鞠佳を包み込むように五線譜が踊る。

頬を赤くして拳を握り、上目遣いに見つめてくる鞠佳に対して、絢は。

絢は。

「くらしたくない、ことは、ないけど……」

ものすごく素の態度で答えてしまった。

「あ、あたしもね！　今はお金あんまりないけど、でも、大学決まったらアルバイトも再開するし、絢ばっかりに頼ったりしないから……」

「う、うん」

まるで立場が逆転したかのように、鞠佳が早口になって焦りまくっている。

「ほら、絢も休みだとあたしの家に泊まったりしてるからさ。なんかそういう、共同生活？

的なやつだって、できそうじゃない？　あたしは、料理もあんまり経験ないけど、でもレシピを見ながらだったらなんとなく作れると思うし……」

「うん」

「そ、そういうの、当番制にしてさ！　ふたりともアルバイトがない日は、なるべく家で食べるようにしたり、一緒に晩ご飯の買い出しにいったり……。なんかうまいこと、できるんじゃないかなって……！　あたし、人に生活を合わせるのってたぶんそんな苦手じゃないし！」

ぜんぜんピンと来ない。

鞠佳はいったいなにが言いたいのだろうか。

「ええと」

「なんでだよ！　そっちが先に言ってきたくせに！」

首を傾(かし)げると、鞠佳に激しく糾弾(きゅうだん)された。

そう言われても……。

ふと、顔をあげる。辺りを見回すと、目が合いそうになったお客さんたちが次々と顔を逸(そ)らしてゆく。そのことにも、絢は気づかず。

絢はトレイを胸に抱いたまま、鞠佳にそのままを尋ねる。

「鞠佳は……私といっしょに暮らしたいの？」

唖然とした顔で、見返された。え？

鞠佳はうつむき、か細い声でうめく。

「だ、だって……あんなこと言われたら……」

「………」

もしかしたら、鞠佳は嫌がっていないのかもしれない。

むしろ私が勢いで叫んだことを、メチャクチャ前向きに検討してくれているのかもしれない。

そう思った。

「鞠佳と、いっしょに……」

ひとつ屋根の下、鞠佳との共同生活。

考えもしなかった未来の設計図が、ほわほわと宙を漂う。

毎朝、起きたらそこに鞠佳がいて、鞠佳と一緒に家を出て、そして鞠佳のいる家に帰ってきて、鞠佳とご飯を食べて、鞠佳と一緒に眠りにつく生活。

去年のクリスマスに過ごしたあんな日常が、ずっと続く……？

「あ、あたしも……さっき、お母さんに、聞いてみた」

「え？」

鞠佳はまるで勇気を出して愛の告白をするように、言う。

「もしもの話、だけど……大学に入ったらルームシェアしていい？　みたいなこと……」

絢は身を固くする。

「……そうしたら？」

「お母さん、そういうのもいいんじゃない、って……」

「……」

ふたりの声だけが、バーに響く。

「ただ、女の子ふたりで過ごすんだったら、値段と立地でアパートを選ぶんじゃなくて、ちゃんとセキュリティのしっかりしたマンションを借りなさい、って……」

思わず、喉を鳴らしてしまった。

「それって、ゆるしてくれた、ってこと……？」

「……うん」

鞠佳と、ふたり暮らし。

そのフレーズが現実味を帯びて舞い降りてきて、絢は急に目がくらんできた。

視線をさまよわせる。だって、あんなのとっさに叫んだだけのことだったのに。

「絢は、どう……？　楽しそうだなあって、思わない……？」

恐る恐る、問いかけてくる恋人。

絢は行儀悪くカウンターに手を突いて、席に座る鞠佳との距離を縮めた。

「おもう！」

声に熱がこもる。

「私も、鞠佳といっしょに住みたい」

鞠佳の手を握る。

キラキラの瞳が、絢を見返してくる。その輝きに照らされながら、口を開く。

「私、もともと、高校を卒業したら、家を出るつもりだったの。そのために、ひとり暮らしするつもりで、お金も貯めてて」

想(おも)いのままに舌が回る。握った手が熱い。

「鞠佳は、おうちから通うんだって思ってた。家族が仲いいし、そんな話もぜんぜんしなかったから。だから、鞠佳がそんな風に言ってくれて、私……」

じっと鞠佳の目を見つめる。言葉が喉でつっかえる。

「でも、ほんとにいいの……？」

「当たり前でしょ！」

さらに鞠佳が、絢の手を握り返してきた。

「あたしがどんなに絢のこと好きだと思ってるの⁉」

「そ、それは」

絢は嬉(うれ)しくて、思わず笑みをこぼしてしまう。

今さらだ。

「すごくすきなんだなって、ちゃんと、伝わってるよ」

「う……うん！」

ブンブンとうなずく鞠佳と、しばらく手を繋いでいると、だ。

間近から、パチパチと拍手が聞こえてきた。

スタッフのひとり、モモだった。

「アヤさん、おめでとうございます！」

「え？」

モモは涙ぐんでいた。なぜ。

「これがふたりの新たな門出なんですね！　すごい、すごい！　お幸せに！」

「ええと」

そのモモの言葉を皮切りに――。

まるで余韻をぶち壊すように、今まで息を潜めていたお客さん方が一斉に歓声をあげた。

さらには誰かが連絡したのか可憐さんや他のスタッフまで駆けつけてきて……不動産会社勤務のお客さんまで加わり、絢と鞠佳の新居探し大会が開かれることになってしまった。

あまりの宴の盛況っぷりに、鞠佳は「またこの流れかよ！」と思いっきり叫んだが、それもまた、夜の新宿に飲み込まれていくのであった。

「あの人たちは結局、自分たちが騒ぎたいだけなんだよ！」

そして、帰りの電車。

頬を膨らませる鞠佳を、絢は楽しそうに眺めていた。

「そうだね。私もそうおもう」

「なんなの⁉　告白もあのバーだし、お誕生日会でキスまで見られて！　さらには物件探しまでお世話にならなくっちゃいけないの⁉　あたしの人生のターニングポイントが、ぜんぶ詰まってるじゃん！」

人の目を気にしない鞠佳にも問題はあると思う。わざわざ言ったりはしないけど。

そもそも今の鞠佳も、照れ隠しにわめいているだけだ。

バーのみんなに本気で怒ったりはしないだろう。それだけの恩義もあるし、顔見知りのお客さんたちはもう、友達のようなものだから。

「ふふふ。でも、相場より安く貸してもらえるみたいだよ。詳しい話はまた今度って言ってたけど、本気で相談したら、たぶん力になってくれるよ」

「うっ……これがコネってやつ……！」

鞠佳は最終的に、実利を取るだろう。むしろ本人もそれがわかっているからこそ、文句を言うことしかできないのだ。

「鞠佳とふたり暮らし、かあ」

並んで立つ鞠佳。その小指に、自分の小指を絡める。

「どんな生活になるんだろうね」

「とりあえず揃える家電がいっぱいありそう」

「家事の分担もかんがえなくっちゃ。私、洗濯はとくいだよ」

「洗濯に得意とか不得意とかあるんだ。だったらあたしは、掃除は苦手かなあ……」

「あんまりモノを増やさないようにしなくっちゃね」

「うん」

鞠佳が小さくうなずいて、それからまじめな顔で。

「あたし、けっこう誘惑とかに弱い人間なんだけど」

「知ってる」

「そうでしょうね！　じゃなくて……だからさ、予備校に通ったり、勉強に集中ってけっこうムリかもとか思ってたんだけど……その、お母さんに言ったの」

「ん」

「無事、志望校に合格できたら、ご褒美にふたり暮らしさせて、って……」

「それは」

つまり、合格できなければ、きょうの話はすべてなかったことに、ということだ。

そんなのすごく残念で、それはきっと鞠佳も同じ気持ちだろう。

なのに、どうして鞠佳がそんなことをお母さんに言ったかというと、それは。

「……それぐらい真剣に絢との将来を考えてるって、そう思ってほしかったから」

「……そっか」

一時の気分で『楽しそうだから！』とお願いしても、もしかしたら鞠佳の母親はふたり暮らしを許可してくれたのかもしれない。

だけど、鞠佳が真剣に頼み込んだからこそ、いや——鞠佳が、ずっとずっと絢に真摯に向き合ってくれていたからこそ、母親もこんなに簡単に許可をくれたに違いない。

信頼の積み重ね、だ。

だったら。

絢は鞠佳の頭を撫でる。

「ありがとうね、鞠佳」

「え？　なんで？」

「そんなに私のことを、好きになってくれて、かな」

「そ、それは」

鞠佳の顔が紅潮してゆく。

「……だったら、絢こそ、あたしのことをこんなに好きにさせて……ありがと」

嬉しそうに絢は笑った。

「どういたしまして」

やがて、電車が止まる。鞠佳の下りる駅だ。

「またね、絢」

「うん、じゃあね」

鞠佳は手を振り、ホームに降りていった。窓から小さく手を振ると、笑顔で手を振り返してくれる。

電車が走り出して、鞠佳の姿はすぐに見えなくなった。

今はまだ、こうして別々の家に帰るふたりだけれど。

いつかは同じ家に、帰ることになるのかもしれない。

胸が熱くなり、思わず頬が緩む。

（がんばって、鞠佳）

この夏、定めた目標に向かってまっすぐに歩いていこうとする恋人に、絢は心の中で大きなエールを送る。

（……ううん、私も、がんばらなくっちゃ）

高校最後の思い出にと、気合を入れて臨んだ修学旅行。過ぎ去ってしまう時間に、寂しさが募るばかりだったけれど。

でも今は、未来が待ち遠しくて仕方ない。

榊原鞠佳は、臆病な自分に明日をくれる子で――絢は、そんな鞠佳が心から愛おしかった。

こうして、高校三年生の夏はあっという間に過ぎてゆく。
バラ色の未来と、そして、逃れられない決着の日が待っているのだった。

あとがき

ごきげんよう、みかみてれんです。

このたび『女同士とかありえないでしょと言い張る女の子を、百日間で徹底的に落とす百合のお話』こと『**ありおと**』の7巻を手に取ってくださって、ありがとうございます。

今回は修学旅行編ということで、普段とは違ったロケーションでいちゃいちゃする絢と鞠佳が書けて、楽しかったです。そんな感じのお話でした。

というわけで、ネタバレ少なめで7巻についてあれこれ語っていきたいので、その気持ちをなんと実行に移すことにします。あとがきはわたしの遊び場だあ！


1：沖縄の取材旅行にいってきたよ！

わたしは基本的には、物語の舞台となった場所に足を運んで、キャラクターの一日を追体験しながらネタを練っていくタイプの作家です。

そうなると、なんかねー。取材旅行に行かないと、今度は逆に書きづらくなってしまうんですよね。動画やグーグルアースさんを見て文章書いても、それっぽさが足りない気がして。これが本当の沖縄の姿なのか？　と疑心暗鬼に陥ってしまい……！

けっこう大事だと思うんですよね、それっぽさって。それっぽさが不足すると、ちゃんとした沖縄を知っていらっしゃる読者さんの没入度を下げてしまうので……。

それは物語の出来映えとか関係なく、ただ経験だけでカバーできる問題であり。現地に行くだけなんだから取材旅行は行き得だと、わたしは思っています。

とはいえ今回は沖縄。遠いのはいいとして、どうしてもスケジュールの都合がつかなくて、さすがにムリか……！　と悩んでいたんですが。

突然、ポンっと一週間の予定が捻出できたので、どうにかなりました！「担当さん、わたし沖縄に取材いってきますね！　**明日から**」

四泊五日の旅は楽しかったです。いっぱいソーキそば食べたよ。あとすっごい歩いた。まあ、その経験がどれだけ作品に生きているかというと、たぶん5％ぐらいだと思うんですけど、逆に行くだけで5％も稼げるなんて、すごない？　行き得！

ちなみに、実際の建物の名前を登場させていないのは、**今回の修学旅行でやってる内容がやばいからご迷惑をおかけしないようにです。出せるわけないじゃんね！**

2：白幡ひな乃（**微ネタバレアリ**）
今回は四分の三が修学旅行、残りがひな乃回、ぐらいの気持ちで書きました。どうやらシリーズ最厚らしいです。サブキャラの話をやるときは、ぜったいメインを削らないぞ、と己に厳命しているので、そのままそっくり長くなりました。すみません担当さん！

　これで、2巻で登場したキャラクターたちの担当回が、終わったことになります。夏海ちゃん、玲奈さん、ひなぽよと、鞠佳と絢の周囲を取り巻くキャラクターたちは、それぞれ鞠佳と共感・対比する部分を強調して、ありおと世界にお招きしました。

　誰かひとりでも、気になってくれるキャラがいたら、嬉しいです。

　ひなぽよの設定も、それこそありおと連載開始前からあったので、それを見てもらうまで7巻かかったのすごいな、って思います。7巻まで出させてもらって、嬉しいね……。

3：今回のヒキについて

なんかハッピーな感じでしたね！　鞠佳と絢が幸せだと、わたしも嬉しいよ。
ちなみに今、考えてる内容だと、8巻はちょっと変わった構成になる予定です。
登場人物も増えてテンション高く賑やかなありおとですが、ほんのりとしっとりするかもしれません。まあ、絢の話なのでね……。（というか、8巻があるので7巻を賑やかにした可能性あります）
　鞠佳が受験勉強をがんばってる間、わたしもなるべく早く皆さまにお届けできるよう、執筆をがんばっていこうと思います。一緒にがんばろうね、鞠佳。

それでは謝辞です。

緜先生には、今回もいっぱい水着を描いていただきました。嬉しい！　沖縄の雰囲気感を出したいからと、7巻の表紙に初めて背景をリクエストしたのも、ばっちりハマりましたね！　緜さんの絵がルーブル美術館に飾られる日も遠くはないかもしれません。

また、今巻から担当になってくださったさわおさんさんにも、早速ご迷惑をおかけしました！　次は一緒に取材旅行に行きましょうね！

さらにこの本を作るために関わってくださった多くの方々、心からありがとうございます。8巻もぜひぜひお力添えのほどよろしくお願いします！

そしてなによりも、この本をお手にとってくださった方や、この本を売るためにがんばってくださった書店員の方々に、大きな感謝を。

かやこ先生の描く『ありおとコミカライズ』は全3巻！　小説1巻の内容ががっちり入っていて、鞠佳はかわいく、絢は美しく描いてもらってます。素敵！

また、ガルコメのもう1シリーズ、『**わたなれ**』のほうも引き続き、よろしく！　こちらは健全（?）な青春ラブコメです。大丈夫、ありえるよれな子は。ありえるありえる。

それでは、またどこかでお会いできますように！　みかみてれんでした！

ファンレター、作品の
ご感想をお待ちしています

〈あて先〉

〒106－0032
東京都港区六本木2－4－5
SBクリエイティブ（株）
GA文庫編集部 気付

「みかみてれん先生」係
「緜先生」係

本書に関するご意見・ご感想は
右の QR コードよりお寄せください。

※アクセスの際や登録時に発生する通信費等はご負担ください。

https://ga.sbcr.jp/

女同士とかありえないでしょと言い張る女の子を、百日間で徹底的に落とす百合のお話 7

発　行　　2023年7月31日　初版第一刷発行
著　者　　みかみてれん
発行人　　小川　淳

発行所　　SBクリエイティブ株式会社
〒106－0032
東京都港区六本木2－4－5
電話　03－5549－1201
　　　03－5549－1167（編集）

装　丁　　FILTH

印刷・製本　中央精版印刷株式会社

ISBN978-4-8156-1961-9
Printed in Japan　　GA文庫

ドラゴンズロアの魔法使い
〜竜に育てられた女の子〜
著：鏑木ハルカ　画：和狸ナオ

人外魔境の地でドラゴンに拾われすくすく育った女の子ティスピン。

精霊魔術の習得のため、人間の通う学校へ通うことになるのだが——

「心配だ。よし、俺たちも行くぞ」 なんと過保護な親ドラゴンたちもついてきてしまい、お引越先での新生活は波乱の予感!?　さらに——

「あれ？　私たちって強すぎ!?」

実はドラゴンたちの中でも破格の二匹に育てられていたティスピン。おかげで心配ご無用の最強少女に仕上がっちゃってました!? 大ドラゴンの小さき愛し子ティスピン、人間の街で出会って学んで大きくなります！　不思議な異種親子の超最強ご近所ファンタジー!!

不死探偵・冷堂紅葉 01.君とのキスは密室で

著：零雫　画：美和野らぐ

七月■日。謎の美少女・冷堂紅葉が転校してきた夏の日、クラスメイトが体育館で殺された。密室殺人だった。

「私たちで事件を解決しましょう、天内くん」

「まるでミステリ小説の主人公みたいだな」

文芸部所属の俺・天内晴麻は、なぜか転校生に事件の調査を依頼される。そして冷堂も殺された――はずだった。誰にも解かれることのない究極の密室で。

「私を殺した犯人を見つけて下さいね――探偵さん」

不死探偵と"普通"の相棒。再現不可能な殺人事件に挑む学園ミステリ、開幕！

――事件の真相に迫る時、君と最後の××をする。

試読版は
こちら!

文庫

りゅうおうのおしごと! 18

著：白鳥士郎　画：しらび

「私の中で将棋は終わったわ」　スーパーコンピューター《淡路》を使って将棋の解に至ったと嘯(うそぶ)く天衣は、その言葉を証明するかのように着々と勢力(タイトル)を拡大していく。《淡路》との対局を繰り返した八一もまた、親友との初めてのタイトル戦に寂しさを感じていた。

「遅すぎたよ……歩夢」　最強AIが見せた未来は本物か、それとも幻か？　雛鶴あいは自分の信じる道を進むため、その未来を否定する。賭け金は——自分の未来。

「……わかった。天ちゃんに負けたら、わたしは将棋を捨てる」

あいと天衣。八一と歩夢。競い合うことを定められた光と闇の好敵手(ライバル)が遂に盤を挟む、再戦の18巻!!

ナナがやらかす五秒前２

著：白石定規　画：92M

　織上高校のお料理研究同好会に所属する三人組――。

「高速回転するプロペラの真似するから見てて！」　神々をも翻弄する、ド天然系ボケ役のナナ。「全然乗り気じゃねぇんだけど……仕方ねぇなぁ！」　承認欲求が暴走中、ツッコミ系ギャルのユカ。「普通って―― 何？」　魔王は友達、知勇兼備な冷徹不思議ちゃんのシノ。

「センパイのざこざこ♡　お料理へたくそ♡」

　そんな個性的な彼女たちに、技巧派キュートな後輩メイが仲間入り!?

　最強モテカワ女子を目指したり、魔王とデスゲームしたり、催眠術にかかったり、コンプライアンスに配慮したり、ダイエットに挑戦したり、知り合いに推し活したり……お騒がせ女子高生たちがやらかしちゃう日常コメディ、奇跡の第二弾が爆誕!?